はぐれ又兵衛例繰控【八】

赤札始末

坂岡真

双葉文庫

目次

赤札始末《あかふだしまつ》

はぐれ又兵衛例繰控【八】

三分坂《さんぷんざか》の殺し

一

文政《ぶんせい》六（一八二三）年の年明けは鯰騒《なまずさわ》ぎからはじまった。

達磨落《だるまお》としの要領で底が抜けたかとおもいきや、ぐわんぐわんと横揺れがつづき、立っていられなくなって仕舞《しま》いには床に這《は》いつくばった。

「大地震《おおない》じゃ、逃げろ」

近所で誰かが叫んでいる。

揺れはすぐに収まったものの、安普請《やすぶしん》の家屋が崩れるやもしれぬ恐怖を味わった。

義母の亀《かめ》と妻の静香《しずか》は笊《ざる》を頭に掲《かか》げて右往左往しはじめたが、義父の主税《ちから》だけは泰然《たいぜん》として動じる様子もない。

「さすが、家禄《かろく》三千石の元小十人頭《こじゅうにんがしら》」

配下の失態で潔《いさぎよ》く連座《れんざ》の処分を受けいれ、野《や》に下ってからは零落《れいらく》の一途《いっと》をたどった。そののち、娘が嫁いだ縁で八丁堀与力《はっちょうぼりよりき》の屋敷へ身を寄せることになったとは申せ、一徹者《いってつもの》で鳴らした旗本の気概は失っていない。と、感心しながら身を寄せてみれば、目を開けたまま気を失っている。

「魚のようなおひとだな」

平手又兵衛《ひらてまたべえ》はつぶやき、義父のたるんだ頰《ほお》を摘《つ》まんで引っぱった。

「ぬごっ、円座《えんざ》の松《まつ》じゃ」

主税は目を醒《さ》まし、わけのわからぬことを口走る。

「円座の松を観にいかねばならぬ」

「今からでござりますか」

「大鯰《おおなまず》のお告げじゃ。板東《ばんどう》の強者《つわもの》どもを搔《か》き集め、奥州征伐《おうしゅうせいばつ》に向かわねばならぬ」

「あなたは誰なのですか」

「決まっておろう、源八幡太郎義家《みなもとのはちまんたろうよしいえ》じゃ」

源義家が朝廷の命で奥州征伐におもむいたのは、今から七百四十年もむかしのはなしだ。なるほど、円座の松で知られる青山《あおやま》の龍巖寺《りゅうがんじ》門前には、義家が配下の強者たちを勢揃《せいぞろ》いさせた「勢揃坂《せいぞろいざか》」と称される坂がある。どうやら、主税はそちらへ馳《は》せ参《さん》じるつもりらしい。

「戦勝祈願じゃ」

いったい、誰と戦うのか。

問うてもはじまらぬ。地震は鎮《しず》まったようだし、今日は非番でもあるので、従《つ》いてこいと命じられれば、素直に応じるしかあるまい。

惚《ぼ》けがすすむ主税は、馴《な》染《じ》みの湯屋《ゆや》へ向かうたびに、武田信玄《たけだしんげん》や織田信長《おだのぶなが》になった。みるからに強そうな武将がお気に入りのようだが、鎌倉《かまくら》の御代《みよ》より以前の武将が憑依《ひょうい》したのは初であろう。

亀と静香は申し訳なさそうにしながらも、俵のかたちで結びをこしらえてくれた。

「浅草海苔《あさくさのり》で巻いておきましたよ」

と、胸を張りたくなるのもわかる。

寒中の海苔は何しろ香りが高い。焼き色は青々として艶《つや》めいており、しゃきっとした舌触りのあとに蕩《とろ》け、ほんのりと上品な甘味を残す。値は張っても、正月に浅草海苔は欠かせない。

又兵衛は主税を連れて八丁堀の屋敷をあとにし、京橋《きょうばし》と芝口橋《しばぐちばし》を経由して、溜池《ためいけ》沿いに赤坂《あかさか》をめざした。

さきほどの騒ぎが嘘《うそ》のように、空はすっきりと晴れている。

家々の門前は門松《かどまつ》や注連飾《しめかざ》りで飾られ、露地裏《ろじうら》からは鳥追《とりおい》の爪弾《つまび》く三味線《しゃみせん》の音《ね》色《いろ》が聞こえてきた。大路には大黒舞《だいこくまい》や太神楽《だいかぐら》が繰りだし、越後獅子《えちごじし》の姉妹は見事な蜻蛉《とんぼ》を切っている。

ふたりは正月の風物を楽しみながら、のんびりと歩いていった。赤坂御門《あかさかごもん》からさきは青山の大路を西へ向かい、百人町《ひゃくにんちょう》の手前からは右手に折れ、大名屋敷の狭間《はざま》をまっすぐに進む。さらに、原宿村《はらじゅくむら》の田畑を眺《なが》めつつ北へ向かえば、義家が強者どもを勢揃いさせた坂道へ行きついた。

「義父上《ちちうえ》、着きましたぞ」

龍巌寺は臨済宗《りんざいしゅう》の禅寺《ぜんでら》、参禅《さんぜん》する者のために山門《さんもん》はいつでも開かれている。

さっそく山門を潜《くぐ》って本堂の庭へ歩《ほ》を進めると、四方に枝を隆々《りゅうりゅう》と広げた円座の松が出迎えてくれた。

「ほう、これは」

流麗《りゅうれい》な枝振りといい、濃密な緑の色合いといい、見事と言うよりほかにない。

しかも、こんもりとした青松の遥《はる》か向こうには、天辺《てっぺん》に真っ白い雪をいただいた霊峰富士《れいほうふじ》が悠然《ゆうぜん》と聳《そび》えている。

「絶景かな、絶景かな」

主税は歌舞伎《かぶき》の舞台で聞いたことのある大泥棒の台詞《せりふ》を発し、富士に向かって見得を切ってみせた。

もはや、源義家であることも忘れ、すっかり遊山《ゆさん》気分を楽しんでいる。

又兵衛は主税を木陰に誘い、みずからも富士を愛《め》でながら美味《おい》しい結びを頰張《ほおば》った。

「静香のおもいが込められておるのう……」

ぱりっという心地よい音とともに、海苔の香ばしさが漂ってくる。

「……早う孫の顔がみたいものじゃ」

言われたくもない台詞を聞きながし、又兵衛は富士のほうへ目を向けた。

いつの間にか、主税は寝息をたてている。

十年余りまえに父を失った身にとって、親孝行のまねごとができる相手がみつかっただけでも感謝せねばなるまい。信玄や信長になった主税から足軽《あしがる》のごとく扱われるたびに、又兵衛は腹を立てながらも得難《えがた》い幸せを感じてきた。

ともあれ、源義家のおかげで鯰騒ぎも忘れて、久方ぶりの遠出を堪能《たんのう》することができた。満ち足りた気持ちで山門に別れを告げたところまではよかったものの、帰路は赤坂の氷川明神《ひかわみようじん》に詣《まい》りたいと主税に懇願《こんがん》され、仕方なくそちらに足を向けたせいで、予期せぬ不審事と遭遇《そうぐう》するはめになった。

通りかかった急坂《きゆうざか》の下に野次馬《やじうま》の人垣を見掛け、無視もできずに近づいてみると、人垣の向こうに屍骸《むくろ》がひとつ転がっていたのである。

二

「三分坂《さんぷんざか》じゃ」

正気に戻った主税が発するとおり、目の前の急坂は「三分坂」であった。坂の名は割増しされた荷車の後押し賃に由来し、途中で曲尺《かねじやく》のごとく左手に折れ、坂上の右手には安芸広島《あきひろしま》藩を治《おさ》める浅野《あさの》家の中屋敷が広がり、左手には大小の寺が密集している。

「殺しだな」

検屍役《けんしやく》でなくとも、みればすぐにわかった。

屍骸は脇腹を剔《えぐ》られており、ぱっくり開いた裂け目から臓物《ぞうもつ》がはみだしている。茶筅髷《ちやせんまげ》の風体《ふうてい》から推《お》すと、町医者であろうか。纏《まと》う着物は安物ではないが、御《ご》典医《てんい》や奥医師が着るほど高価な代物《しろもの》でもない。

「齢《とし》は四十前後か」

泥鰌髭《どじょうひげ》を生《は》やしているものの、自分と同年配であろうと、又兵衛はおもった。

「ん、左手首を失っておるぞ」

かたわらにしゃがんだ主税が漏らす。

たしかに、左手首がない。しかも、命を断《た》たれたあとに切断されたようだ。

「こいつは無冤録述《むえんろくじゅつ》に載せてもよい奇妙な屍骸だな」

又兵衛は大いに興味をそそられた。「無冤録述」なる分厚い手引書は上下巻からなる唐渡《からわた》りの翻訳本で、検屍の心構えや留意点、死因と死体にあらわれた特徴などが詳述《しょうじゅつ》されている。

じつは、興味半分に町奉行所の蔵から借りた「無冤録述」を端から端まで暗記していた。判例や罪状の記された門外不出の御定書百箇条《おさだめがきひゃっかじょう》などもそうだが、一度読んだだけで一言一句漏らさず記憶に留《とど》めることができる。それは唯一の特技にほかならず、強く意識したこともないのだが、町奉行や内与力《うちよりき》などに類例《るいれい》を問われる例繰方《れいくりかた》の役目は天職かもしれぬとおもっていた。

ともあれ、屍骸である。

詳しく調べようと身を寄せるや、突如《とつじょ》、後ろから叱責《しっせき》された。

「おい、何をしておる」

驚いて振りむけば、黒羽織《くろばおり》の与力らしき人物が鬼の形相《ぎょうそう》で睨《にら》みつけている。

おそらく、五つは年上であろう。数寄屋橋《すきやばし》の南町奉行所《みなみまちぶぎょうしょ》では見掛けぬ顔だ。

「何だおぬしは。ひょっとして、十手持《じっても》ちか」

「はい。南町奉行所の例繰方与力にござります」

「ふうん、同業ではないか。名は」

「平手又兵衛にござる」

「もしや、はぐれ又兵衛と陰口を叩かれている男か。ひとづきあいがすこぶる悪く、上からも下からも鬱陶《うっとう》しがられておるとか」

よくご存じでと言いかけたが、諂《へつら》う理由も無いので仏頂面《ぶっちょうづら》で口を噤《つぐ》む。

「一人前に怒ったのか。ふん、わしは根張作兵衛《ねばりさくべえ》、北町《きたまち》の例繰方だ」

蛇《へび》のような粘りが信条の根張作兵衛、噂《うわさ》だけは聞いたことがあった。

「検屍与力《けんしよりき》も兼ねておるゆえ、わざわざ足労《そくろう》してやったのさ。怪《け》しからぬのは、わしを呼びつけた廻《まわ》り方《かた》がおらぬことだ。蠅《はえ》どもが群《むら》がるまえに先着しておくようにと、あれほど言っておいたに……」

根張は溜息《ためいき》を吐《つ》き、屍骸の検屍に取りかかる。

「……こいつは町医者だな。襟元《えりもと》の乱れから推すと、財布を抜きとられておるぞ。物盗《ものと》りか、物盗りにみせかけた顔見知りの愚行か。知りあいならば、恨《うら》みの線もあろう。そいつは町医者の評判を調べれば、おのずとわかることだ」

「いかにも。されど、ひとつ不審事が。左手首をご覧くだされ」

「左手首、ふうむ、欠いておるな。しかも、切断されたのは心ノ臓が止まったあとのようだ。こいつは……」

「無冤録述《むえんろくじゅつ》に載せてもよい奇妙な屍骸にござりますな」

「……ほう、無冤録述を読んでおるのか」

根張は顎《あご》を撫《な》でながら、眸子《まなこ》を細める。

すかさず、又兵衛は問うた。

「何故《なにゆえ》、左手首を断ったのでしょうか」

「さあて、それがわかれば苦労はせぬ。ともあれ、これは北町の扱う不審事ゆえ、おぬしは口を挟むな。非番なら、すっこんでおれ」

横柄《おうへい》な態度と物言いに、かちんときた。

「真実を知るのに、北も南もござるまい」

と、めずらしくも又兵衛は大見得を切る。

根張は一瞬黙り、くくと苦笑しはじめた。

「こいつはまいった。年下から説教されるとはな」

「別にそういうつもりでは」

「よく聞け、これだけは言っておく。余計なことに首を突っこむな。ふん、それにしても、はぐれ者のくせに意見を吐きよった。正面切ってまっとうな意見を吐く与力ほど、信用できぬものはないがな」

おのれを嘲笑《あざわら》っているようでもあり、来《こ》し方《かた》に嫌な経験でもあったのだろうかと勘ぐってしまう。

されど、勘ぐったところで詮無《せんな》いはなし、もはや、長居は無用であろう。

主税はとみれば、屍骸の端にちょこんと座り、気持ちよさそうに船を漕《こ》いでいる。

「負ぶって帰るとするか」

又兵衛は後ろ髪を引かれるおもいで、三分坂の坂下をあとにしかけた。

ふいに足を止めたのは、道端に下手人《げしゅにん》のものらしき足跡をみつけたからだ。

道は固いため足跡ははっきりとせず、片足のぶんだけしかわからぬが、一文銭《いちもんせん》を縦《たて》に並べればおそらく十二枚はあろう。

十二文といえば、かなりの大足にちがいない。

根張は検屍に忙しく、足跡に気づいておらぬようだ。

声を掛けるべきかどうか逡巡《しゅんじゅん》したが、すっこんでおれという刃《やいば》のごとき台詞が耳許《みみもと》に甦《よみがえ》ってきた。

「どうせ、気づくであろう」

又兵衛はみずからを納得させるようにつぶやき、すっきりとしない気持ちを抱えたまま、三分坂に背を向けたのである。

三

松の内は年始廻りや厄除《やくよ》け詣《もう》でなどが重なり、世間は何かと忙《せわ》しない。外で知った顔に出会《でくわ》せば「御慶《ぎょけい》に候《そうろう》」と腰を折り曲げて挨拶《あいさつ》せねばならず、煩《わずら》わしいので非番のときは巣《す》籠《ご》もりに徹していた。

町奉行所内の廊下は俯《うつむ》き加減で端っこを歩くなどしながら、できるだけ目立たぬようにしていると、相手もそれなりに気を使って声を掛けてこぬようになる。並みの者ならば淋しくて仕方なかろうが、世間の常識から外れた又兵衛は淋しさなど微塵《みじん》も感じない。放っておかれることがありがたく、日がな一日、誰かと会話を交《か》わさずとも平気で過ごすことができた。

それでも、数寄屋橋の南町奉行所へは、毎日、判で押したように通いつづけている。何故《なぜ》なのか。十五年ほどもつづけている習慣だからか、二百石の禄《ろく》を失いたくないからか、それとも、ほかに格別な理由でもあるのか。判然とせぬものの、ひとつだけ言えるのは、来し方の判例が記載された書面と向きあうのが三度の飯よりも好きかもしれぬということだ。

例繰方の小机にはたいてい、裁許帳《さいきよちよう》や例類集《れいるいしゆう》の綴《つづ》りなどが山積みにされている。

同心たちの小机は乱雑なことこのうえないが、又兵衛の周辺だけはきれいに片付けられていた。重なった書面の角はきちんと揃えられ、硯《すずり》や筆を置く位置などもきちんと定まっている。置き方には又兵衛なりの決め事があり、わずかでも位置がずれていると、修整しなければ気が済まない。

他人からみれば「鬱陶しいほど細かい」のだそうだが、きれい好きというのとも少し異なり、あるべき場所にあるべきものがないと我慢できなくなる。こればかりは持って生まれた癖《へき》と言うしかなく、自分でも上手《うま》く説明がつかなかった。

「あいかわらず、すっきり片付いておるのう」

溜息とともに皮肉を漏らすのは、部屋頭《へやがしら》の中村角馬《なかむらかくま》であろう。

三つ年上の小心者は、いざというときに責を取りたがらない。与力はほかに又兵衛だけなので、上役への対応や厄介事《やっかいごと》のお鉢《はち》はすべてまわしてくる。それらを淡々《たんたん》とこなすのが、このところは又兵衛の日課になっていた。

「じつは今ほどな」

内与力の沢尻玄蕃《さわじりげんば》と廊下で擦《す》れちがった際、抜き打ちに試問が発せられたという。

「『左手首を失ったほとけの見立ては無冤録述《むえんろくじゅつ》に載っておるのか』と、沢尻さまはお尋ねになった。ムエンロクジュツとはなんぞや。異国のことばかとおもうて、おもわず首をかしげてしもうたわ」

沢尻は蔑《さげす》むように薄く笑い、すぐさま背をみせたらしかった。おおかた、無冤録述も知らぬ者がよくぞ例繰方の部屋頭でいられるなとでも、言いたかったにちがいない。疾《と》うに見放されている中村のことはさておき、左手首を失った屍骸《むくろ》のはなしが内与力の口から漏れたことのほうが気になる。

北町奉行所から抗議でもあったのだろうか。

頭に浮かべたのは、根張作兵衛の顰《しか》め面《つら》だ。

「平手よ、ちと内与力どののもとへ足労してもらえぬか。ムエンロクジュツとやらが、どうにも気になって仕方ないのでな」

「はあ」

「生返事をせず、今すぐに向かってくれ」

懇願されて仕方なく御用部屋を出ると、廊下の向こうから狡猾《こうかつ》そうな鼠顔《ねずみがお》の人物が近づいてきた。

山忠《やまちゅう》こと、年番方筆頭与力《ねんばんかたひっとうよりき》の山田忠左衛門《やまだちゅうざえもん》である。

「はぐれではないか。年始の挨拶はいかがした」

会いたくない相手の筆頭かもしれない。いつも、からかい半分に痛いところを突いてくる。

「出世の見込みがないとは申せ、梨《なし》の礫《つぶて》はなかろうよ。禄を食《は》む役人としてどうかではなく、人としてどうかというはなしじゃ。目上にたいする挨拶の仕方くらい、幼《おさな》い時分に躾《しつ》けられたであろうが」

「はい」

「今からでも遅くはない。塩鮭《しおじゃけ》でもぶらさげて屋敷を訪ねてまいれ」

「塩鮭にございますか」

「上方《かみがた》ではないゆえ、鰤《ぶり》というわけにもいくまい。何なら、灘《なだ》の生一本《きいっぽん》の新酒でもよいぞ。たまには上役の盃《さかずき》に下《くだ》り酒《ざけ》でも注いでみろ」

山忠は言いたいことだけ言い、すたすたと去っていった。

又兵衛は鬱々《うつうつ》とした表情で廊下を進み、内与力の拠《よ》る御用部屋のまえで足を止める。

「例繰方の平手又兵衛にございます」

襖《ふすま》越《ご》しに声を掛けると、厳《いか》めしげな返答がなされた。

「はいれ」

「はっ」

片膝《かたひざ》をついて襖を開け、内にはいって両手で襖を閉める。

「近う」

誘われて膝行《しっこう》し、箱火鉢《はこひばち》のそばに座る沢尻の面前に両手をついた。

「やはり、来おったか……」

沢尻の目はあまりに細く、のっぺりとした顔に横線が引かれただけにみえる。

「……まさか、おぬしまで無冤録述《むえんろくじゅつ》を知らぬことはなかろうな」

「存じておりますが、左手首を失った屍骸の記述はないかと」

「ひょっとして、読んだのか」

「ひととおりは」

「北町の誰かにそのことを喋《しゃべ》ったか」

「例繰方の根張さまに尋ねられ、ちらりと」

「なるほど、それでか」

「それでとは」

「三分坂の殺しについてはいっさい手を出すなと、北町の内与力が高飛車《たかびしゃ》な態度で言うてきおった。無冤録述は稀覯本《きこうぼん》のたぐいゆえ、よほどの変わり者か、お役目熱心な者しか読まぬ。北町の連中はおぬしが無冤録述を読んでいると知り、手柄を横取りされるのではないかと警戒しておるのさ」

「警戒、まさか、それがしをですか」

又兵衛は三分坂で偶《たま》さか屍骸に出会《でくわ》した経緯を説《と》いた。

沢尻は糸のような目を光らせる。

「経緯はわかった。それでも、敵は警戒しておろう」

「敵」

「そうじゃ。こちらがそうみなさずとも、あちらは敵とみなしてくる。同じ町奉行所でも南のほうが北より格上でもあるし、こればかりは致し方なかろう」

「それがしに、どうせよと」

「売られた喧嘩《けんか》は買わねばなるまい」

調べをつづけよと、沢尻は意外な台詞を口走る。

表情をほとんど変えぬせいか、無意味な意地の張り合いなどには関心がなさそうにみえて、じつはかなりの負けず嫌いらしい。そんな内与力の気まぐれに付きあうのはまっぴら御免だが、失われた左手首の謎《なぞ》を解きたい気持ちはあった。途中で梯子《はしご》を外される恐れはあるものの、とりあえずは上から御墨付《おすみつ》きを得たものと考え、又兵衛は独自の探索に乗りだす腹を決めたのである。

四

日の入りまでには、まだ四半刻《しはんとき》（約三十分）ほどはあろうか。

南町奉行所を退出して向かったさきは常盤町《ときわちょう》、楓川《もみじがわ》に面した一角には金釘流《かなくぎりゅう》の墨文字で「鍼灸揉み療治《しんきゅうもりょうじ》　長元坊《ちょうげんぼう》」と書かれた看板が掲げられている。

狭い敷居をまたいだ途端、苦しげな喘《あえ》ぎが聞こえてきた。

覗《のぞ》いてみれば、皺顔《しわがお》の婆さまが俯《うつぶ》せで鍼《はり》を刺されている。

「うえっ、堪忍《かんにん》しとくれ」

「いいや、堪忍ならねえ」

海坊主のごとき大男が蠟燭《ろうそく》の炎で鍼を炙《あぶ》り、婆さまの背中を上から押さえつけた。

「わかっちゃいるとはおもうがな、ぎっくり腰にゃ鍼が一番効くんだ。痼《しこ》りを除いて血の流れをよくしてやれば、嘘みてえに痛みは消える。極楽往生《ごくらくおうじょう》も夢じゃねえ」

「極楽なんぞに行かなくていいから、ぶっとい鍼を打つのは止めとくれ」

「そういうわけにゃ烏賊《いか》の金玉《きんたま》とくらあ。このまんま婆さまを帰《け》えしたら、長元坊の名が廃《すた》る」

あいかわらずの強引さだが、又兵衛にとっては頼り甲斐《がい》のある唯一の友にほかならない。ほんとうの名は「長助《ちょうすけ》」だが、本人は間の抜けた名だと嫌がり、隼《はやぶさ》の異称である長元坊を通り名にしていた。隼は鼠や小鳥を捕食するが、鷹狩《たかが》りには使えない。人の意のままにもならぬ猛禽《もうきん》の異称を、元破戒僧《はかいそう》で幼馴染《おさななじ》みの藪《やぶ》医者《いしゃ》は気に入っているのだ。

長元坊は鉞を手にしたまま、ぎょろりとこちらを睨む。

「誰かとおもえば、おめえか」

「ふん、おれで悪かったな」

「好物の葱鮪鍋《ねぎまなべ》はねえぜ。その代わり、あれがある」

海坊主が顎をしゃくったさきには、又兵衛によって「長助」と名付けられた三毛猫《みけねこ》が蹲《うずくま》っている。肥《こ》えた「長助」のそばに置かれた平皿には、大きめの魚の骨が置いてあった。

「鱈《たら》だぜ。棒鱈《ぼうだら》を水に浸《ひた》して海老芋《えびいも》と煮込めば、京の都《みやこ》でしか食えねえ芋棒《いもぼう》になる。婆さまを往生させたら、ちゃちゃっと作ってやるからな」

それならば待つ甲斐もあるというもの、長元坊は見掛けによらず手先が器用で美味《うま》い料理を作る。静香の作る料理よりも美味いので、足繁《あししげ》く通っては相伴《しょうばん》に与《あずか》っていた。

又兵衛は「長助」の喉《のど》を擽《くすぐ》り、婆さまが苦悶《くもん》する様子を眺めるともなく眺める。

「婆さまは菜売《なう》りの行商《ぎょうしょう》でな、天秤棒《てんびんぼう》を担《かつ》いで青山くんだりまで足を延ばし、三分坂の急坂をのぼったのが運の尽きだったというわけさ」

「ちょっと待て。三分坂と言ったな」

「ああ、言った。それがどうした」

こちらに問いかけながらも、長元坊は俯せの相手に喋りかける。

「なあ、婆さま、ぎっくり腰になったのは、三分坂のせいなんだろう」

「そうだよ。こいつはね、楢林藤安《ならばやしとうあん》の祟《たた》りなのさ」

又兵衛はおもわず、身を乗りだす。

「婆さま、楢林藤安とは坂下で斬られた町医者のことか」

「ああ、そうさ。藤安はどんな病《やまい》にも葛根湯《かっこんとう》しか処方せぬ。葛根湯医者を恨んでいた者は、ひとりやふたりじゃなかった。病人にまともな薬を吞《の》ませたけりゃ、金一分払えと偉そうにほざき、薬代を払えぬ貧乏人なんぞは洟《はな》も引っかけなかったんだ。所の連中は自業自得だって噂しているよ」

婆さまのはなしから推せば、町医者は通りすがりの物盗りに殺《あや》められたのではなさそうだ。

勘のよい長元坊は、即座に事情を理解する。

「なるほど、おめえは死んだ葛根湯医者のことが知りてえのか。それなら、婆さまに感謝しなくちゃならねえぜ。何しろ、菜売りはいろんな家に出入りできる。葛根湯医者の評判ばかりか、斬られた日の足取りなんぞも知っているかもしれねえ。なあ、婆さま」

「教えてほしけりゃ、聞かせてやるよ」

藤安の看立所《みたてどころ》は三分坂の坂上にある。近くの御掃除之者町《おそうじのものまち》に武家の上客を持ち、赤坂の氷川明神門前にも商人の上客を持っていたらしく、御掃除之者町と明神門前を頻繁《ひんぱん》に行き来していたという。

「おおかた、往診《おうしん》を済ませて坂上の家に帰ろうとしたところで、ばっさり殺《や》られたんだろうさ」

物盗りであろうか。それとも、因縁《いんねん》のある相手に待ちぶせされたのだろうか。

「そんなことまで知らないよう。あたしゃ捕り方じゃないからね」

「ふはは、そりゃそうだ。でもよ、貴重なはなしを聞かせてもらったんじゃねえのか。なあ、又」

「ああ」

感謝するしかあるまい。

「なら、褒美《ほうび》にもう一本打っておくか」

長元坊は豪快に笑い、一段と長太い鍼を用意する。

「ひぇっ、堪忍しとくれ」

逃げだそうとする婆さまの両足を摑《つか》むや、自慢の膂力《りょりょく》で軽々と引きよせる。

そして、腰の経絡に深々と鍼を打ってみせた。

「むぎょっ」

目玉を剝《む》いた婆さまが、海老《えび》反《ぞ》りの恰好《かっこう》で固まった。

長元坊が腰を揉んでやると、くたっとなってしまう。

「さあ、立ってみな」

できるわけがないとおもったが、婆さまはもぞもぞ動きだす。

つぎの瞬間、しゃきっと立ちあがってみせた。

「ほうらな」

長元坊は自慢げに鼻をひくつかせる。

感激の涙を流す婆さまをみつめながらも、又兵衛は空で藤安の足取りを追っていた。

五

松明《まつあ》けで七草粥《ななくさがゆ》を啜《すす》った朝、北町奉行の榊原主計頭《さかきばらかずえのかみ》より、府内一円《ふないいちえん》の両替商や質屋にたいして極秘のお触れが下された。

——新銭の一分金《いちぶきん》、二分金《にぶきん》などを両替する者、ならびに銭相場を執拗《しつよう》に尋ねる者などがあれば、気取《けど》られずに応じたうえであとを尾《つ》け、居所を確かめたのちに町奉行所へ訴えでること。一両小判を両替にきた者も右と同様に応じるべく、しかと申しつけるものなり。

南町奉行所へも当然のごとく、お触れが下された経緯はもたらされていた。内与力の沢尻によれば、三分坂の殺しについて北町奉行所の連中は物盗りと私《し》怨《えん》の両面から調べをすすめているという。

「おぬしも動け。ただし、秘《ひそ》かにな」

と、命じられれば、何やら後ろめたい気持ちになる。

別にこそこそ調べる必要もないとおもうのだが、たしかに、内勤の例繰方が市中を動きまわるのは妙なはなしかもしれない。

そこで、貸しのある定廻《じょうまわ》りを使うことにした。「でえご」こと桑山大悟《くわやまだいご》、肝心なところが抜けている間抜けな同心だが、いないよりはいい。その「でえご」から又兵衛が葛根湯医者のことを知りたがっていると聞き、夕刻、ひとりの質屋が八丁堀の屋敷を訪ねてきた。

「平手さま、お久しぶりにござります」

京橋の弓町《ゆみちよう》にひっそりと店を構える脇質《わきだち》の主人、大戸屋七右衛門《おおどやしちえもん》は顎の長い男だ。裏の事情に精通《せいつう》し、故買品《こばいひん》も平気で扱う。油断のならぬ男だが、又兵衛の無骨《ぶこつ》すぎるほどの律儀さを気に入っているようで、時折、有益なはなしを持ってきてくれる。

又兵衛はおもわず、頬を弛《ゆる》めた。

「阿吽《あうん》の呼吸とは、まさにこのことだな。おぬしに聞きたいことがあったのだ」

部屋に差し招こうとしても、七右衛門はいつも頑《かたく》なに断る。表口の三和土《たたき》に佇《たたず》み、用件だけを早口でぼそぼそ喋るのだ。

「北町の旦那の調べによれば、三分坂で斬られた葛根湯医者の財布には一分金が三枚はいっていたそうです」

「ほう」

ほとけがみつかった翌日、知りあいの質屋へ一分金を三枚持ちこんだ浪人がいた。

「名は辻堂文四郎《つじどうぶんしろう》、築地明石町《つきじあかしちよう》の裏長屋に住む四十前後のご浪人でしてね。柄巻《つかま》きの内職をしながら、長屋の子どもたちに読み書きを教えたりもしておられる。

ちょいと調べてみますと、葛根湯医者と浅からぬ因縁がございました」

今から三月《みつき》ほどまえ、辻堂は妻を病で亡くしていた。長らく胸を患《わずら》っていたらしく、辻堂は先祖伝来の刀を売って金をつくり、葛根湯医者の楢林藤安から高価な粉薬を買った。唐渡りの高麗人参《こうらいにんじん》との触れこみであったが、のちに薬種問屋《やくしゅどんや》で調べたところ、紛《まぎ》れもなく葛根湯であったという。

「藤安の嘘がばれたのは暮れも押しせまった頃、看病の甲斐もなくご新造《しんぞう》が亡くなったあとでござりました。怒り心頭に発した辻堂さまは藤安のもとを訪れ、刀を抜きかけたのだとか」

ところが、抜かずに矛《ほこ》を収めた。

「ご本人に聞かねば理由はわかりませぬが、残された幼い一人娘を育てねばならぬためだったのではないかと」

「辻堂文四郎には幼い娘がおるのか」

「七つだそうです」

七右衛門がうなずいてつづける。

「母親の忘れ形見を育てるには、葛根湯医者の命を奪うよりも金をふんだくったほうがよい。かように判断なされたのでしょう」

「なるほど、藤安から辻堂に幾《いく》ばくかの金子《きんす》が渡ったのだな」

「ええ、そのようで。言ってみれば、難癖をつけて金子を手に入れたようなもの。もっとも、刀を抜いたところで竹光《たけみつ》ゆえ、人を斬ることなどできやしませんが」

注意深くはなしを聞けば、怪《あや》しいというだけで、辻堂が下手人とは断じ難《がた》い。

「手前もそうおもいました。殺める気で訪ねたのなら、出刃包丁《でばぼうちょう》を使ってでも仕留めたでしょうから。されど、年が明けて気が変わったのかもしれません。一分金を三枚携《たずさ》えていたことも腑《ふ》に落ちませぬ」

町医者殺しの探索は町奉行所の役目ゆえ、侍でも浪人ならば大番屋《おおばんや》に引っぱって責め苦を与えることもできる。捕まれば辻堂は強引に口書《くちがき》を取られ、十中八九、獄門台《ごくもんだい》へ送られるはずだ。そうなれば、幼い娘は天涯孤独になってしまう。

「このはなし、北町奉行所の連中には喋ったのか」

「いいえ。威張《いば》りくさった旦那ばかりで、手前も知りあいも北町の方々《かたがた》とは懇意《こんい》にはなれません」

「それで、わしを訪ねてきてくれたのか」

「平手さまは弱そうにみえて、いざとなれば頼りになるお方です。それゆえ、いの一番にお知らせしようかと」

「かたじけない」

ぺこりと頭をさげると、七右衛門は薄く笑ってみせる。

「されど、ほどもなく浪人の素姓《すじょう》はあきらかになりましょう。真相はそっちのけで、辻堂文四郎が殺ったことにされるやもしれませぬ。動かれるおつもりなら、早いほうがよろしいかと」

「辻堂に会えと申すのか」

「お侍同士、腹を割っておはなしなさるのがよろしいかと。直《じか》に真相を質《ただ》す以外に打つ手はございますまい」

そうまでして、関わるべき案件なのだろうか。

わずかな逡巡を鋭く察知したのか、七右衛門は煽《あお》るような逸話《いつわ》を語りだす。

「ひとつ、大事なはなしを忘れておりました。辻堂文四郎は藤安のもとを訪ねた際、左手の拳《こぶし》を固めて柱を叩き折ったそうです」

「まことか」

「拳の骨が粉々に砕《くだ》けても、呻《うめ》き声ひとつ漏らさなんだとか。手前がおもうに、それはご新造への未練にござりましょう。愛《いと》しい相手を失った喩《たと》えようもない虚《むな》しさ、口惜《くちお》しさを、おのれの拳に込めたに相違《そうい》ありませぬ」

「左手の拳か」

「聞くところによれば、三分坂でみつかった藤安の屍骸《むくろ》は左手首を失っていたとか。お役人ならば、おおかた、さきほどの逸話と結びつけて筋を立てられましょう」

七右衛門の言うとおりだ。左手首を切断することで、藤安への恨みを少しでも晴らしたかったという筋書きもなりたつ。辻堂文四郎が一段と不利な情況へ導かれる公算は大きかった。

「ひょっとしたら、まことに殺ったのかもしれませぬぞ」

それを確かめるには、やはり、本人に会って質すしかあるまい。

「平手さま、手前のできることは、ここまでにござります。それでは」

お辞儀をして遠ざかる質屋の背中を見送り、又兵衛は溜息を吐きながらも重い腰をあげた。

六

数日前、届けを出さずに見知らぬ者を家に泊めた名主《なぬし》が罰せられた。泊めた相手は野垂れ死に寸前の逃散百姓《ちょうさんびゃくしょう》で、親切心が仇《あだ》になったというはなしだ。名主には同情を禁じ得ぬものの、法度《はっと》は法度という例繰方の常識からすれば、あたりまえの結末と断じるしかない。

中途半端に情を移せば、真実を見定める目も曇ってしまう。

又兵衛はみずからを戒め、辻堂文四郎なる浪人者の所在へ足を向けた。

築地明石町は鉄炮洲《てっぽうず》のさき、常のように内海《うちうみ》の寒風に晒《さら》されるため、船入《ふないり》の明《あか》石橋《しばし》は「寒《さむ》さ橋《ばし》」の異名で呼ばれている。日暮れ前の明石町には寒風が吹きつけ、襟を寄せながら歩いていると、歯の根の震えを抑《おさ》えきれなくなった。

「温石《おんじゃく》でも抱えてくればよかったな」

夕照《せきしょう》を映《うつ》した海面は臙脂色《えんじいろ》に染まっている。

又兵衛は絶景に背を向け、狭い露地裏へ踏みこんだ。

「わあぁ」

裏長屋の木戸口から、洟垂《はなた》れどもが元気よく飛びだしてくる。

この辺りに住む子どもたちは、寒さにすっかり馴《な》れているようだ。

又兵衛は木戸を潜り、どぶ板を踏みしめて井戸端《いどばた》を通りすぎ、小さな稲荷《いなり》の祠《ほこら》がある奥のほうへ向かった。

禿頭《かぶろあたま》の娘が祠のまえにしゃがんで絵を描いている。

「辻堂の娘か」

又兵衛はそれと察し、ゆっくり近づいていった。

上から覗きこむと、どうやら、人の顔を描いている。

「それは誰だい」

できるだけ優しい口調で尋ねると、娘は俯いたまま「母上」と応じた。

まちがいなく、侍の娘だ。

亡くなった母の面影《おもかげ》を求めているにちがいない。

又兵衛は胸を詰まらせた。

「どなたかな」

近くの部屋から、殺気《さかやき》を帯《お》びた気配が近づいてくる。

顔を向ければ、月代を伸ばした四十絡みの浪人が立っていた。

「辻堂文四郎どのか」

「いかにも。そちらは」

「平手又兵衛。南町奉行所の例繰方与力でござる」

「例繰方の与力。さような御仁《ごじん》が何のご用であろうか」

「じつを申せば、外廻りの連中に先んじてまいった。おぬしは今、危うい情況に置かれている」

「藪《やぶ》から棒に妙なことを」

「心当たりがないとは言わせぬ」

「もしや、一分金を両替した件であろうか」

「さよう」

三分坂で楢林藤安が斬殺されたことを告げると、辻堂は目を丸くさせた。

どうやら、演技ではなさそうだ。

さりげなく足の大きさを目測《もくそく》したが、さほど大足ではない。

幼い娘は父の異変を察したのか、部屋のほうへ駆けていく。

「藤安が死んだのか」

辻堂にあらためて問われ、又兵衛はうなずいた。

「盗まれた財布には、一分金が三枚はいっていた。廻り方の連中は、斬った者の行方を追っている」

「なるほど、わしが疑われるかもしれぬというはなしか。それにしても、どうしてわざわざ、教えにこられたのだ。貴殿とて手柄をあげねばならぬお立場でござろう」

「わしは内勤ゆえ、手柄に興味はない」

「なれど、何故《なにゆえ》、見も知らぬ痩《や》せ浪人を救うようなまねをされる」

「おぬしを救いにきたわけではない。不審な死の真相を知りたいだけだ」

「不審な死」

「藤安は左手首を切断されていた。斬られたあとに切断されたようでな、左手首はまだみつかっておらぬ」

「ふうん」

辻堂は眸子《まなこ》を細め、さりげなく左手を後ろに隠す。

又兵衛は見逃さない。

「その左手、まだ癒《い》えぬのであろう。柄巻きの内職ができねば、生活《たつき》にも窮《きゅう》しように」

「隣近所の善意に甘え、どうにか生きながらえておる」

「両替した一分金も、少しは残っておろうしな」

又兵衛に皮肉を言われ、辻堂は溜息を吐いた。

「見知らぬ町人に頼まれたのだ」

一分金三枚を両替してくれれば、褒美に一枚くれてやると言われたらしい。

「旨《うま》いはなしには裏がある。危ういとはおもったが、背に腹はかえられなかった。里美《さとみ》が腹を空かせておったからな」

「娘御《むすめご》は里美という名なのか」

「亡くなった妻の絹枝《きぬえ》は、越後の小千谷《おぢや》で生まれた」

「縮《ちぢみ》の里か」

「そうだ。実家は貧しい縮農家でな、郷里を偲《しの》んで生まれてくる娘の名を里美にしたいと言われ、わしは一も二もなく同意した。絹枝は十四で女衒《ぜげん》に売られ、岡場所の女郎屋に堕《お》ちたおなごでな、わしが女郎屋に入《い》り浸《びた》っていた頃はいつも、生まれ故郷へ帰りたいと言うておった」

　絹枝は色白の優しいおなごで、小人目付《こびとめつけ》の役目を苦にしていた辻堂にとって、唯一の心の慰《なぐさ》めだったという。

　又兵衛は驚きを禁じ得ない。

「小人目付……おぬし、幕臣だったのか」

「御家人株を売って、女郎を身請《みう》けした男だ。頭がおかしくなったのかと、周囲の連中は嘲笑った。それでも、いっこうに気にならなかった。絹枝を妻にして娘も授《さず》かり、つましいながらも幸せに暮らしておったのだ。少なくとも、去年の秋

までは な」

ところが、愛しい妻は亡くなった。藤安から十両で手に入れた薬が、本物の高麗人参ならば、妻は助かっていたかもしれない。それをおもうと夜も眠れず、藤安への恨みを募《つの》らせたのだという。

「報《むく》いを受けさせるつもりで看立所を訪ねた。されど、あやつは言った。どうせ、永くは保《も》たなかったと。そして、財布を寄こそうとしたのだ。一分金が三枚はいっておるから、それで水に流してほしいと、土下座までしおった。拳で撲《なぐ》り殺そうとおもっていたのだ。されど、気を殺《そ》がれた。泣きながら命乞《いのちご》いをする藤安が、あまりに惨《みじ》めにおもえてな」

「財布は」

「受けとる気もせなんだわ」

「差しだされた財布も手にせず、藤安の代わりに柱を叩き折り、おのれの拳を粉々に砕いた。そういうわけか」

「そこまで知っておるなら、わしに聞くことはもうあるまい」

「いいや、ある。そもそも、藤安とはどうやって知りあったのだ」

「面倒見のよい元同僚が教えてくれたのさ」

「元同僚とは小人目付の」

「伊武半之丞《いぶはんのじょう》と申してな、赤松組《あかまつぐみ》では一目置かれていた男だ。一時は手柄を争った相手だが、役目を辞したあとは何かと面倒をみてくれた。未練が出るゆえ、訪ねてくれるなと申しても、今でも時折、手土産《てみやげ》を提《さ》げてやってくる」

「なるほど、唯一の友というわけだな」

「まあ、そうなろう」

「ほかに、藤安との繫《つな》がりを知る者は」

「何人もおろうさ。看立所の柱を叩き折った逸話は、瓦版《かわらばん》にもなったほどだからな」

「ほう、瓦版に。そいつは知らなかった。まあ、いずれにしろ、やはり、誰かがおぬしを嵌《は》めようとして仕組んだことのようだな」

「捕まって磔《はりつけ》にされても、悔《く》いはないさ」

「投げやりになるな。遺《のこ》された娘はどうする」

「いざとなれば、手に掛けるしかあるまい」

「ふうむ、困ったな」

辻堂は口を尖《とが》らせた。

「どうして、貴殿が困らねばならぬ」

「おぬしが磔になれば、真相は闇に葬《ほうむ》られよう」

「なるほど、どうあっても真相が知りたいわけか。十手持ちの意地というやつだな」

「そんなものは持ちあわせておらぬ。ともあれ、鼻の利《き》く連中が嗅《か》ぎまわっておる。ここにおっては危ういぞ」

忠告はしても、匿《かくま》うつもりまではなかった。

「困ったら、いつでも訪ねてほしい」

又兵衛は屋敷の所在を教え、踵《きびす》を返しかける。

「待て」

呼びとめられて振りむけば、辻堂が殊勝《しゅしょう》な顔で頭をさげた。

「礼を申す。このとおりだ」

「何の、礼などいらぬ」

辻堂はにっこり笑った。

「それにしても、変わった御仁だな、貴殿は」

自分でもそうおもう。手柄もあげず、褒《ほ》められもせず、益にもならぬことに心血を注ぐ。厄介事に首を突っこもうとするのは、臍曲《へそま》がりの性分ゆえにであろうか。何はともあれ、辻堂に感謝されただけよしとせねばなるまい。

朽《く》ちかけた木戸口を抜ければ、露地裏の吹きだまりに寒風が渦巻《うずま》いている。

父と娘の行く末を案じながら、又兵衛は抜け裏を通り、寒さ橋に背を向けた。

七

帰路、誰かに尾《つ》けられているのに気づいた。

鉄炮洲《てつぽうず》稲荷《いなり》を過ぎて、京橋川《きようばしがわ》に架かる稲荷橋《いなりばし》を渡り、さきへ進んだとみせかけて橋のたもとに身を隠す。

小走りに駆けてきたのは、微塵筋《みじんすじ》の着物を纏った若い女だ。

橋を渡った辺りで立ち止まり、左右をみまわしている。

「おい」

又兵衛は暗がりから身を乗りだし、女の背中に声を掛けた。

「わしに何か用か」

棘《とげ》のある声で問うと、女は意を決したように近づいてくる。

若いうえに垢抜《あかぬ》けた印象だが、並みの町娘にはない翳《かげ》があった。

問いにはこたえず、掠《かす》れた声でこちらの素姓を確かめようとする。

「南町奉行所の平手さまですよね」

「ああ、そうだ。おぬしは」

「おりくと申します。円座《えんざ》の松蔵《まつぞう》はご存じですか」

「円座の……」

裁許帳への記載はないが、噂なら小耳に挟んだことがある。

「……たしか、三年前に隠居した掏摸《すり》の親玉だったな」

「そのとおりです」

今から三年前、北町奉行所定廻りの垣村三太夫《かきむらさんだゆう》が松蔵の手下を捕まえた。手下を救うために、松蔵は隠居する覚悟を決めたという。

「裏できっちりはなしがついていたのに、垣村のやつは松蔵を南茅場町《みなみかやばちょう》の大番屋に呼びつけ、素姓を晒したうえで酷《ひど》い仕打ちを……ふざけ半分に左右の掌《てのひら》を重ねさせ、千枚通《せんまいどお》しで貫《つらぬ》いたのです」

掏摸にとっては命を獲《と》られるよりも辛《つら》かっただろう。事実ならば暴走した垣村を処断すべきだが、まずは何故《なにゆえ》に女が三年前のはなしを持ちだしたのかを質さねばなるまい。

「わたし、松蔵の孫娘なんです」

「もしや、おぬしも掏摸なのか」

おりくは口を噤み、じっとこちらを見据《みす》える。

佇まいから推すと、松蔵から掏摸の手管《てくだ》を仕込まれているようだった。

掏摸であることを告白すべきかどうか、告白しても大丈夫な相手かどうか、慎重に見定めようとしているのだ。

「旦那は先だっての五日、正午に届かぬ頃、三分坂の坂下で楢林藤安の屍骸《むくろ》をお調べになった。あのとき、わたしも野次馬のなかにおりました」

検屍与力の根張作兵衛とのあいだで交わされた内容も聞いているという。

「あのとき、旦那は北町の与力から、余計な首を突っこむなと釘を刺された。それなのに、あきらめずに調べまわっていなさる。しかも、廻り方でもないのに、誰よりもさきに辻堂さまのもとまでたどりついた。どうするのかとおもったら、逃げろと忠告までしなすった。理由はよくわからないけど、垣村のような酷い役人ではなさそうだ。ひょっとしたら、わたしのはなしに耳をかたむけ、味方になってくれるかもしれない」

おりくは淡《あわ》い期待を抱き、又兵衛の背中を尾けた。

「長々と説いてもらったが、いくつかわからぬことがある」

「何でしょう」

「まず、おぬしがどうして三分坂の坂下におったのかだ。もしや、藤安を斬った者を知っておるのか」

「存じません。ただ、わたしは藤安に恨みを持っておりました。困らせてやろうとおもい、何日も尾けまわして足取りを調べ、ここぞという機をとらえて財布を掏《す》ったのでございます」

驚いた。

「藤安の財布を掏ったのか」

「はい」

掏ったのは正月四日の雀色刻《すずめいろどき》、場所は氷川明神の門前だった。

「藤安は財布を掏られたのも知らず、両替商を兼ねた油問屋の難波屋善右衛門《なにわやぜんえもん》を訪ね、難波屋ともども近くの料理茶屋へ向かいました」

葛根湯医者は氷川明神の門前に商人の上客を持っていたと、長元坊のところで菜売りの婆さまが言っていた。上客とは難波屋のことなのだろうか。

「たぶん、そうだとおもいます。難波屋との宴席《えんせき》は何度かあったので、藤安は夜遅くなってから帰路につくとおもい、わたしは門前から去りました」

ところが翌朝、三分坂の坂下で藤安が何者かに斬られたことを知ったのだ。

おりくのことばを信じれば、藤安は亡くなった際、財布を所持していなかったことになる。ところが、北町奉行所の連中は、藤安は財布を盗まれており、盗まれた財布には一分金が三枚はいっていたと断じた。さらに、その内容を府内一円の両替商や質屋にたいして極秘で通達したのである。

「ふうむ」

又兵衛は眉《まゆ》を顰《ひそ》めざるを得ない。

町奉行所と女掏摸と、どちらかが嘘を吐《つ》いていることになりはせぬか。

「たしかに、掏った財布には一分金が三枚はいっておりました。そのお金はわたしが持っております。だから、誰かが盗み金を両替できるはずはないんです」

「されど、北町の連中は両替した者を血眼《ちまなこ》になって捜している」

「仰《おお》せのとおり、ほどもなく辻堂さまに疑いが掛かりましょう。されど、それは誰かが仕組んだことにほかなりません。藤安は縁起を担ぎ、いつも一分金三枚を財布に入れておく。そのはなしを知っている者の仕業《しわざ》です」

「待ってくれ。おぬしは辻堂文四郎を知っておるのか」

「亡くなった絹枝さまに、並々ならぬ恩がござりました。藤安に恨みを抱いたのも、高麗人参と偽《いつわ》って絹枝さまに葛根湯を処方したがゆえにでござります」

「なるほど、それで辻堂の肩を持つのか」

「今のままでは、辻堂さまが下手人にされちまいます。そうなれば、里美ちゃんは天涯孤独になる。それだけは何としてでも避けねばとおもい、藁《わら》にも縋《すが》るようなおもいで旦那のあとを尾けました」

差し迫った事情は理解できたが、おりくを信じてよいものかどうか迷う。

何せ、他人の袖口《そでぐち》を狙う掏摸なのだ。不浄《ふじょう》役人にとっては、憎むべき悪党にほかならない。どのような事情があろうとも、掏摸とわかって見逃したとなれば、又兵衛は針の筵《むしろ》に座らされることを覚悟せねばならなかった。

「ここでお会いしたことは、爺っちゃんにも誰にも申しません。わたしを信じていただければ、きっとお役に立ってみせます」

「信じるかどうかは、まださきのはなしだな。だが、おぬしのはなしは心に留めておこう」

「今宵《こよい》は見逃していただけると」

「そうなろうな」

「藤安を殺めた者にお心当たりは」

「まだない。おぬしはどうなのだ」

「わかりませぬ。ただ、さきほどおはなしした垣村三太夫は、藤安とよくつるんでおりました」

「つるむとは」

「辻堂さまに使った手口と同じです。胸を患った患者に高麗人参と偽り、藤安が葛根湯を処方する。垣村はそれを見逃す代わりに、藤安が手にした高価な薬代から上前をはねていた。垣村は蛆虫《うじむし》のような男です。証《あか》しはありませんが、藤安殺しに関わっているような気がしてなりません」

おりくの臆測を信じて動くのは危うすぎる。それに、同じ不浄役人の悪事を暴《あば》こうとすれば、そこかしこから邪魔がはいるのは目にみえていた。

ただし、おりくが解決に結びつく糸口を与えてくれたことも事実だ。

とりあえず、垣村三太夫に会ってみるのも悪くないと、又兵衛はおもった。

おりくは小首をかしげ、下から覗きこんでくる。

「それでは、今宵はこれで。何かわかったら、お呼び止めしてもよろしいですか」

「かまわぬが、そのまえに頼みをひとつ聞いてくれ。辻堂父娘《おやこ》のことだ。おぬしのほうで匿う手立てはないか」

「そのつもりでおりました」

おりくは即答しつつも、困った顔をする。

「でも、匿うにはひとつ条件が」

「何であろうか」

「爺っちゃんに事情をはなさねばなりません。ひょっとしたら、旦那のことも」

「頼られても困るが、致し方あるまい」

「かたじけのう存じます」

おりくはぱっと顔を明るくさせ、深々とお辞儀をする。

又兵衛は吹きすさぶ寒風のなか、さきの見通せぬ暗闇に踏みだしていった。

八

翌夕、南茅場町の大番屋に「でえご」こと桑山大悟を訪ねてみた。

暢気《のんき》な顔で出涸《でが》らしの茶を吞みながら、今朝ほど明石町の裏長屋に北町奉行所の捕り方が大挙して向かったのだと告げる。

狙われた獲物は辻堂文四郎であった。

「裏長屋は蛻《もぬけ》の殻《から》、浪人は逃げたあとでした。ふん、阿呆《あほう》どもめ、ざまあみろというはなしにございます」

北町奉行所の廻り方と平常から張りあっているらしく、でえごは「阿呆ども」が出し抜かれたことを喜んでいる。もちろん、又兵衛が辻堂の逃走に深く関わったことなど知る由《よし》もない。

「されど、人相書の手配がすすめられているようですから、ほどもなく浪人は捕まりましょう」

事情を知らぬでえごは、まるで他人事《ひとごと》のように喋りつづけた。

又兵衛はさりげなく、垣村三太夫の評判を尋ねてみる。

「銭に汚い糞野郎《くそやろう》ですよ。でも、それなりに手柄は立てるので、上の連中からは重宝がられております」

「糞野郎か」

「ええ、蠅が集《たか》るほどのね」

ついでに、円座の松蔵についても尋ねた。

「その道では知らぬ者がおらぬほどの掏摸でしたよ」

手管があまりに見事なので、仲間内では「神」と崇《あが》められていた。熟練の技を会得《えとく》しようと、弟子入りを願う若手もいたらしい。そもそも、掏摸は世間に素姓を明かさぬため、処刑された罪人でなければ名は表に出ない。ましてや、廻り方の同心から畏敬《いけい》の念をもって語られることなどあり得なかった。松蔵は極めて稀《まれ》な例と言えよう。

「ご存じのとおり、仏の顔も三度という諺《ことわざ》は掏摸のためにございます」

三度までは見逃してもらえるが、四度目はない。捕まれば、土壇《どだん》行きが待っている。松蔵は四度捕まった手下を救うべく、みずからの隠居と引き換えに手下の命乞いをした。

「裏取引に応じたのが、糞野郎の垣村三太夫でした。垣村は約束どおり、手下の命は助けてやった。ところが、松蔵の掌を二枚重ねて千枚通しで貫いた。誰もが酷い仕打ちと知りながら、黙《だんま》りを決めこんだそうです。垣村がみなに金轡《かなぐつわ》を嵌《は》めたとの噂も立ちましたが、何せ北町のことゆえ、まことのことはわかりません」

でえごのはなしからすれば、敵対すべきは掏摸を生業《なりわい》にする連中ではなく、横暴な不浄役人のようだった。

又兵衛は大番屋をあとにし、その足で赤坂の三分坂へ向かった。

内勤の例繰方にもかかわらず、廻り方は足で稼ぐという教訓を守り、葛根湯医者が斬られた日の足取りをたどろうとおもったのだ。

坂下に達する頃には、夕陽が大きく西にかたむいていた。

手持ち無沙汰《ぶさた》な様子で待っていたのは、あらかじめ呼びつけておいた長元坊である。

「遅《おせ》えぞ。おれはこうみえても、暇《ひま》なからだじゃねえんだ」

「文句を言うな。菜売りの婆さまに聞いてくれたのか」

「ああ、聞いた。氷川明神門前の難波屋善右衛門は、やっぱり藤安の上客だった。難波屋は両替商も営《いとな》む油問屋でな、赤坂じゃ五指にへえるほどの金満家らしいぜ。そんな商人がどうして藤安みてえな葛根湯医者と懇《ねんご》ろにしていたのか、わからねえのはそこんところさ」

長元坊は首をかしげ、坂下の一角に顎をしゃくる。

「屍骸《むくろ》が転がっていたのは、あそこらへんみてえだな。花が手向《たむ》けられていたぜ。生きているときは嫌われ者でも、死んだらみんなほとけになる。弔《とむら》ってくれる誰かがいるだけでも感謝しなくちゃな」

旋風《つむじかぜ》に裾《すそ》を攫《さら》われた。

藤安の噎《むせ》び泣きが聞こえてくるかのようだ。

ふたりは坂下に背を向け、二股の道を右手に進んだ。

左手に進めば氷川明神だが、藤安は明神門前の難波屋へ向かうまえに、御掃除之者町を訪ねていた。菜売りの婆さまも言っていたとおり、御掃除之者町の周辺にも上客を何人か持っていて、おおかた、そのなかの誰かを訪ねていたのだろう。

藤安の動きを探っていたおりくならば、訪ねたさきを知っていたかもしれない。

又兵衛は聞きそびれたことを後悔しつつも、とりあえずは足取りをたどってみようとおもった。

武家屋敷の狭間を下れば今井谷《いまいだに》に行きつき、どんつきを右手に折れて少し進めば円通院《えんつういん》の門前にたどりつく。円座の松がある龍巌寺と同じ臨済宗の禅寺で、境内《けいだい》には旭飛稲荷《あさひいなり》の祠《ほこら》があった。

寺の脇にはかなり急な稲荷坂《いなりざか》の上りがつづく。別名を掃除坂《そうじざか》と呼ばれていると おり、掃除之者の組屋敷が坂道の左右に広がっていた。

掃除之者は役高十俵一人半扶持《ぶち》の軽輩だが、歴《れっき》とした幕臣である。江戸城内や浜御殿《はまごてん》などの掃除を主な役目としているが、走り使いや荷運びなどにも従事する。数は百八十人程度といわれ、三人の頭《かしら》によって統轄《とうかつ》されており、城内の焼火之間《たきびのま》に詰める頭は役高百俵の持高《もちだか》勤めで、小人目付の出身者が多く就《つ》いた。

小人目付は身内の与力や同心を監視するのが役目ゆえ、嘘か真実《まこと》かわからぬが、元小人目付の配下に置かれた掃除之者のなかには、隠密裡《おんみつり》に間諜《かんちょう》の役目を課された者もいるという。

そんなことを考えながら坂道を上って下り、円通院の門前まで戻ってきた。

ふと、目をやったのは、通りを隔《へだ》てた向かいに建つ大きな武家屋敷である。

高い塀《へい》のうえから、節《ふし》くれだった松の枝が龍《りゅう》の尻尾《しっぽ》のように伸びていた。

「見事な枝振りだな」

「おめえ、出世の赤松を知らねえのか」

「出世の赤松」

「ああ、屋敷の主《ぬし》は赤松内記《ないき》というのさ」

掃除之者からの叩きあげで、小人目付組頭《こびとめつけくみがしら》、勘定《かんじょう》、勘定組頭《かんじょうくみがしら》と出世を重ね、つぎは勘定吟味役《かんじょうぎんみやく》、末は勘定奉行《かんじょうぶぎょう》とも目される出世頭《しゅっせがしら》らしい。

「赤松内記か」

出世に関心がないせいか、赤松内記も赤松にまつわる逸話も知らなかった。

「おおかた、苗字《みょうじ》に合わせて赤松を植えたにちげえねえ。おのれもあやかろうと、年初には拝《おが》みにくる連中も大勢いるとか」

誰かから「赤松」という姓を聞いたような気もしたが、すぐにはおもいだせない。

葛根湯医者の足取りも摑めぬまま、来た道を戻って氷川明神へ向かう。

途中から背後に何者かの気配を感じていた。

「感じぬか」

「ぜんぜん」

長元坊に軽くあしらわれ、気のせいかもしれぬとおもいなおした。

胸に抱いた不安は、やがて、参道《さんどう》の雑踏《ざっとう》に紛れてしまった。

見上げたさきの商家は、高いうだつを建てた難波屋である。

屋根看板には「油御用達《あぶらごようたし》」とあり、表口の軒下《のきした》には「寛永通宝《かんえいつうほう》小買《こがい》」と書かれた脇両替《わきりょうがえ》の看板がぶらさがっていた。銭両替を営む脇両替はたいてい、酒問屋や油問屋を本業としている。町中でもよく見掛けるが、難波屋ほど羽振りのよさそうな商人はなかなかいない。

二階建ての立派な建物を見上げ、又兵衛は首を横に振った。

金持ちというだけで悪人にみえる。そうした偏見《へんけん》は取り払わねばなるまい。

藤安は斬られたとおぼしき日の夜、上客の難波屋と宴席にのぞんでいた。藤安の足取りを誰よりもよく知るのは、難波屋なのではあるまいか。廻り方でなくとも、それくらいは察しがつく。

「顔を拝んで喋らせれば、悪人かどうかはすぐにわかる。又よ、そうほざいたのは、おめえだかんな」

正直、自信はないが、会ってみなければはじまらない。

そのためにわざわざ、八丁堀から足労したようなものだ。

又兵衛は肩をそびやかし、油で滑りそうな敷居を踏みこえた。

九

南町奉行所の与力が訪ねてきたと聞き、対応した手代《てだい》は身構えた。

奥に引っこんだので待っていると、でっぷりと肥えた狸顔《たぬきがお》の人物が顔を出す。

「手前が難波屋善右衛門にござります」

およそ善人にはみえない。人を見掛けで判断すべきではないが、床に手をついた男はどう眺めても銭に汚い悪徳商人にしかみえなかった。

奥の部屋をご用意しましたと誘われたものの、断ってほしい様子なので断った。

長元坊を脇に立たせ、又兵衛は自分だけ上がり端《あがりばな》に横座りし、丁稚小僧《でっちこぞう》が運んできた茶を啜ってから口を開く。

「三分坂の坂下で斬られた檜林藤安の件だ。屍骸《むくろ》がみつかった前の晩、おぬしと会っていたらしいな」

「恒例の宴席にござります。北町奉行所の旦那には、ぜんぶ喋りましたけど」

「北町の定廻りか」

「はい、常日頃からお世話になっている垣村三太夫さまにござります」

垣村の名を聞いても、又兵衛は眉ひとつ動かさない。

難波屋は探るように顔を覗きこんできた。

「お名を頂戴《ちょうだい》してもよろしゅうござりますか」

「平手又兵衛、例繰方の与力だ」

「例繰方と申せば、ご内勤でいらっしゃる」

「内勤では、何か不都合でも」

「いいえ、そうではありませぬが」

「わしは偶さか三分坂を通りかかった折、藤安の検屍をやった。左手首を断たれた不審な屍骸でもあったゆえ、放っておけずに調べておるのだ」

「なるほど、そういうご事情でしたか」

上の命で動いているのではないと知り、難波屋はあからさまに安堵《あんど》してみせる。

「手前から申しあげることはございません。垣村さまに下駄《げた》を預けておりますゆえ、何かございますればそちらへお問いあわせを」

横柄な態度で言ってのけ、内証《ないしょう》に座る番頭に目配せする。

番頭は馴れたもので、紫の袱紗《ふくさ》で覆《おお》った三方《さんぼう》を持ってきた。

うやうやしく手許《てもと》に差しだされたので、袱紗を開いてみる。

黄金の輝きを放つ小判は三枚、これで口を噤めというわけだ。

「どうぞ、お納めください」

難波屋は薄笑いを浮かべ、どうだと言わんばかりに胸を張る。

大盤振る舞いのつもりなのだろうか。

又兵衛は袱紗を戻し、すっと腰を持ちあげた。

「ふん、与力に金轡《かなぐつわ》を嵌めようとはな」

「……そ、そんなつもりでは」

「言い訳は無用だ。あとで大番屋へ出向いてもらう」

「……お、お待ちを。手前にどうせよと」

「素直に喋ればよかろう。藤安とのあいだに何があった」

「何もございませぬ。だいいち、藤安は物盗りの浪人に斬られたのでは」

「物盗りの浪人、北町の廻り方がそう言ったのか」

「あ、はい」

「浪人の素姓は」

「たしか、明石町の裏長屋に住む元小人目付だとか」

外に漏れてはならぬ探索の中味まで知っているようだ。垣村三太夫から、逐《ち》一《いち》、知らされているのだろう。

又兵衛は、わざと惚《とぼ》けた。

「捕り方が向かったさきは、蛻《もぬけ》の殻《から》だったと聞いたぞ」

「はい、そう伺《うかが》っております。されど、浪人の部屋からはとんでもないものがみつかったようで」

「とんでもないもの」

「人の左手首にございます」

「何だと」

「おや、そこまではご存じない。されば、ここだけのはなしにしていただけませぬか。口外したと知れたら、垣村さまに叱《しか》られます」

左手首は漬物樽《つけものだる》の底からみつかったという。切断された藤安のものであろうし、何者かが辻堂文四郎に濡《ぬ》れ衣《ぎぬ》を着せようとしてやったことにちがいない。

もっとも疑うべきは、捕り方を率《ひき》いて長屋へ向かったであろう垣村だ。

そして、難波屋はすべての裏事情を知っているような気がしてならない。

「平手さま、ご不満ならば新しい三方をご用意いたします。それで勘弁していただけませぬか」

「おぬし、ふざけておるのか」

「えっ」

「世の中、何でも金で済ませられるとおもうなよ」

又兵衛は厳しい態度で言い捨て、ひらりと袖をひるがえす。

意気揚々《いきようよう》と外へ出ると、長元坊が嬉しそうに肩を叩いてきた。

「よかったぜ、決め台詞。おめえにもあれだけの芝居ができるんだな」

芝居ではない。金で黙らせようとするやり口に憤《いきどお》り、腹の底から本音を絞《しぼ》りだしたのだ。

「まあ、そうやって力まねえことだ。駆けだしじゃねえんだからな」

「わかっておるさ」

「ともあれ、あれだけ突っつけば、向こうさんも手を打ってこようさ。藪から何が出てくるのか、楽しみにしておくんだな」

「他人事か」

「あたりめえだろ。葛根湯医者が誰に殺られ《や》ようが、おれにゃどうでもいいはなしだかんな」

冷たく突きはなされ、長元坊とは八丁堀の手前で別れた。

虚しい心持ちで弾正橋《だんじようばし》を渡り、静香の待つ屋敷へ足を向ける。

見慣れた冠木門《かぶきもん》の手前へやってきたところで、突如、殺気を感じた。

塀際《へいぎわ》から人影が迫り、面を狙って白刃《はくじん》を突いてくる。

――ひゅん。

咄嗟《とつさ》に顔を避けると、鬢《びん》の脇に刃風《はかぜ》が擦《す》りぬけた。

浅く裂かれた頰から、血が流れおちてくる。

又兵衛は血を嘗《な》め、腰の刀を抜いた。

――がきっ。

二刀目の袈裟《けさ》懸《が》けを弾《はじ》き、反転しながら塀際へ逃れる。

相手は覆面で顔を隠していた。

からだつきは大柄で、肩幅はがっしりしている。
右八相《みぎはっそう》に構えると、相手はわずかに怯《ひる》んだ。
予想外に手強いと判断したのだろう。
周囲の連中は知らぬが、又兵衛は香取神道流《かとりしんとうりゅう》の免状《めんじょう》持《も》ちにほかならない。
構えただけでも、それなりの気迫は相手に伝わるはずだった。
刺客とおぼしき相手は、青眼《せいがん》の構えを解かずに後退《あとずさ》っていく。
逃げる気か。
又兵衛は土を嚙《か》む爪先に目を落とした。
一見しただけでわかる。大きな足だ。
「おぬしか、藤安を斬ったのは」
おもわず口走るや、刺客はふいに踵《きびす》を返す。
摺《す》り足《あし》で駆け、辻向《つじむ》こうへ消えてしまった。
「ふん、さっそく来やがったな」
又兵衛は吐きすて、刀を鞘《さや》に納めかけた。
「あれ」
上手くいかぬので刀をみると、中ほどのところから曲がっている。

「くそっ」

二刀目を弾いたときに曲がったのだろう。

鈍刀《なまくら》の刃引刀《はびきとう》ゆえ、致し方のないことであった。

それにしても、厄介な相手だ。一刀目の刺し面を回避できたのは、ただの幸運にすぎなかった。嘗めてかかれば命はないと覚悟せねばなるまい。

気づいてみれば、両手が小刻《こきざ》みに震えている。

「何で震える」

命の危機を紙一重《かみひとえ》で回避したからか。

少なくとも、武者震《むしゃぶる》いではあるまい。

又兵衛は口許《くちもと》を歪《ゆが》め、ようやく冠木門を潜りぬけた。

十

翌夕、又兵衛は北町の定廻りの垣村三太夫を尾行していた。

案内役の「でえご」こと桑山大悟は、事情も知らぬくせに張りきっている。

腐れ同心の悪事を炙《あぶ》りだし、あわよくば引導《いんどう》を渡してやりたいとまで訴えた。

垣村は肩幅のがっしりした大柄な男で、背恰好《せかっこう》だけをみれば昨晩の刺客に似ている。

ただし、決め手となる足の大きさは、そばまで近づいてみなければわからなかった。

垣村は日本橋《にほんばし》の魚河岸《うおがし》から大川《おおかわ》沿いの薬研堀《やげんぼり》辺りまで気儘《きまま》に歩き、随所で知りあいを呼びとめては、ちゃっかり袖《そで》の下《した》をせしめた。まるで、市中の見廻りに託《かこつ》けた銭集めである。給金の少ない廻り方には袖の下が黙認されているものの、同じ定廻りのでえごでさえも怒りを新たにするほどのえげつなさだった。

川端が暮れなずむ頃、垣村はいそいそと船宿《ふなやど》へ足を向けた。

誰かに会う約束でもあるのだろうか。

それとも、猪牙《ちょき》を仕立てて廓《くるわ》に繰りだすつもりなのか。

大川へ漕ぎだされたら、波間に漂う艫灯《ともあか》りを追うのは難しかろう。

表口を睨み、どうするか思案していると、御高祖頭巾《おこそずきん》の女がひとり薄暗がりからあらわれた。左右を眺めて誰もいないのを確かめ、御高祖頭巾を脱いでから、戸口の向こうへ消える。

軒行灯《のきあんどん》に照らされた横顔が、おりくに似ているような気がした。

「あの女、待ちあわせの相手かもしれませぬぞ。垣村め、しっぽり濡れる算段にちがいない」

「ああ、そうかもな」

生返事をしながら、女がおりくならば何が狙いかを考える。

辻堂父娘を匿っているはずだが、そちらと関わりはなかろう。

あるとすれば、円座の松蔵におこなった酷い仕打ちへの意趣返《いしゅがえ》しだ。

おりくなりに策を練り、報いを受けさせようとしているのかもしれない。たとえば、素姓を隠して色仕掛けで近づき、垣村に三年前の代償を払わせるつもりだとすれば、即刻やめさせねばならぬと、又兵衛はおもった。

失敗《しくじ》れば、おりくの身が危うい。逆しまに、定廻りの命を断つような事態にでもなれば、見逃すわけにもいかなくなる。どっちにしろ、おりくは袋小路に追いつめられるはずだ。

松蔵も絡んでいるのだろうか。

可愛い孫娘を危険に晒してまで意趣返しをするつもりなら、垣村への恨みは予想以上に深いと言わねばなるまい。

あれこれ考えてもはじまらぬので、又兵衛は行動を起こすことにした。

「あっ、平手さま、どちらへ」

「決まっておろう、船宿に踏みこむのさ」

「えっ、お待ちください」

慌《あわ》てふためいたでえごが、必死に追いかけてくる。

又兵衛は勢いに任せて表口の引き戸を開け、敷居の内に一歩踏みこんだ。

上がり端に佇んでいた老い耄《おぼ》れが、驚いた皺顔を向けてくる。

「……ど、どちらさまで」

狼狽《うろた》えた様子で尋ね、両手をさりげなく後ろに隠す。

又兵衛は咄嗟に見抜いた。円座の松蔵にちがいない。

垣村を嵌めようとしているのは、孫娘だけではなさそうだ。

「平手又兵衛だ」

名乗りをあげると、松蔵は俯いてしまう。

「たぶん、そうだとおもいやした」

「円座の松蔵だな」

「はい」

「船宿を営んでおったのか」

「ほかにやることもねえもんで」

「例の御仁は」

と、又兵衛は辻堂のことを尋ねる。

「ご無事でやす」

松蔵のこたえに安堵しつつも、鋭く睨みつけた。

「可愛い孫娘に何をさせる気だ」

「別に何も」

「嘘は通用せぬぞ。三年前の恨みを晴らす気であろう」

「そうだったかもしれやせん。でも、旦那のお顔をみたら、忘れちまいやした」

「それがいい。悪党の始末は任せておけ」

「ご内勤の旦那を頼ってもよろしいんですかい」

皮肉交《ま》じりに問われても、又兵衛は怯まない。

「ほかに手があるのか」

「いいえ、ござんせん」

「それなら、下駄を預けるんだな」

「はい」

ほっと溜息を吐き、又兵衛はあらためて問うた。

「本音を聞かせてくれ。以前から、この機を窺《うかが》っておったのか」

「三年前から窺っておりやした」

おりくを巻きこむのを躊躇《ためら》っていたら、三年の月日が経《た》っていたという。

「でも、おりくのやつも恨みを晴らしてえと言ってくれたんです」

だから、やろうと決めたのだと、気骨《きこつ》を感じさせる男が意志の強そうな眼差しを向けてくる。

「掏摸《すり》が千枚通しで掌を串刺《くしざ》しにされたら、死んだも同然にごぜえやす。あの日以来、あっしは生《い》き恥《はじ》を晒してきたんだ」

「口惜《くちお》しかろうな」

「仕方ありやせん」

又兵衛は振りかえり、でえごに指示を出した。

「でえご、怒鳴ってみろ」

「えっ、何と言えば」

「捕り方が来たことを報《しら》せるのだ」

「しからば」

でえごは胸を反らし、大声を張りあげる。

「悪党め、神妙にしろ」

破鐘《われがね》のごとき怒鳴り声につられて、垣村が奥から飛びだしてきた。

赭《あか》ら顔《がお》なのは、酒を呑まされたせいだろう。

後ろからは、おりくも従《つ》いてくる。

又兵衛をみつけ、ぎょっとした。

松蔵は垣村に気取《けど》られぬように、さっと衝立《ついたて》の陰に隠れる。

垣村は目敏《めざと》くでえごをみつけ、鬼の形相で対峙《たいじ》した。

「誰かとおもえば、南町の桑山大悟ではないか」

「わしで悪かったな」

「いったい、何事だ」

ことばに詰まるでえごを押しのけ、又兵衛が前面に踏みだしていった。

「南町与力の平手又兵衛だ。秘かに追っていた凶賊《きようぞく》がこの船宿へ逃げこんだとの報せを受けてな、押《お》っ取《と》り刀《がたな》でやってきたら、おぬしがおったというわけさ」

「凶賊の名をお聞かせください」

「何でおぬしに言わねばならぬ」

「お役に立てるかもしれませぬ」

「いいや、おぬしは役に立たぬ」

「ずいぶん、きっぱりと仰《おっしゃ》いますな。わたしをご存じなのですか」

「知らぬわ」

感情が昂《たか》ぶり、刀を抜きたくなった。

どうにか怒りを制し、冷静に言いはなつ。

「役立たずめ、早う出ていけ」

「ふん、わけがわからぬ」

垣村は首を横に振り、上がり端から降りて雪駄《せった》を履こうとする。

さりげなく足をみると、十二文に届くほど大きな足ではなかった。

「こやつではないのか」

又兵衛がひとりごちるや、垣村が不審げに口を尖らせる。

「どういう意味にござりましょう」

「うるさい、意味などないわ。二度と船宿の敷居をまたぐな」

這々《ほうほう》の体《てい》で出ていく後ろ姿を、松蔵とおりくが睨みつけた。

少しは溜飲《りゅういん》を下げてくれたであろうか。そうであることを願うしかない。

身を晒したことで垣村の尾行は難しくなろうが、又兵衛に後悔はなかった。

十一

——三分坂の殺しにつき、探索にはおよばず。

内与力の沢尻玄蕃から内々の指示が告げられた。

どうやら、北町奉行所のほうから圧力を掛けられたらしい。

又兵衛の動きを警戒する者がいるとすれば、同じ例繰方与力の根張作兵衛あたりだろう。根張が向こうの内与力に掛けあって「縄張りを侵《おか》すまねは止めさせてほしい」と文句を言わせたのかもしれない。双方の町奉行の耳にでもはいれば大《おお》事《ごと》になるため、沢尻としては手を引く判断を下さざるを得なかったのだ。

「ほうらみろ、また梯子を外しやがった」

なかば予想していたこととはいえ、上の御墨付きがなくなると、やはり、どう考えてもやりづらくなる。独自に調べをつづけるか否《いな》か迷わねばならぬ場面だが、又兵衛は途中であきらめるのをよしとしない。

十手持ちが携えるべき正義でも矜持《きようじ》でもなく、たぶん、それは癖《へき》にちがいなかった。どうしても我慢ならぬのは、物事がきちんと片付けられていない状態なのだ。

「まさに、今がそれだな」

自分でもよくわかっている。

辻堂文四郎の人相書がほどなく手配されそうだし、このまま突っこめばこの身も危うくなる予感はあった。それでも、止める気はない。円座の松蔵にも下駄を預けろと大見得を切ったではないか。一度激流へ漕ぎだした小舟を引き返させることなどできるはずもなかろう。

ひとりで勝手に意気込み、日中は南町奉行所で例繰方の役目をこなしつつ、夕方からは町に繰りだして探索をおこなった。本来は厄介事が嫌いで、面倒な案件は避けて通るのに、何故か益にもならぬ調べに没入《ぼつにゅう》し、疲れきって倒れこむように眠る日々を過ごした。

耳を疑いたくなる一報がもたらされたのは、静香の作った小豆粥《あずきがゆ》を啜った小《こ》正月《しょうがつ》（十五日）の夕暮れである。

「平手さま、大変なことが起きました」

屋敷に飛びこんできたのは、定廻りのでえごだ。

「腐れ同心の垣村三太夫がほとけになりました」

「何だと」

「みつかったのは薬研堀、船宿に繋がれた猪牙のうえにございます」

垣村は胸を刃物でひと突きにされ、艫《ともよ》寄りの船板に蹲《うずくま》っていた。重ねた左右の掌《てのひら》を上がり板に載せて死んでおり、掌のまんなかは千枚通しで貫かれていたという。

朝早く川縁《かわべり》にやってきた船頭がみつけたらしい。

「平手さまの言いつけを守らず、松蔵とおりくが殺《や》ったのかも」

でえごは遠慮がちに言い、こちらの反応を窺おうとする。

ぎろりと、又兵衛は睨みつけた。

「ふたりのことは口外しておらぬであろうな」

「それはもう、必死に口を噤《つぐ》んでおります」

捕り方が駆けつけたときは、垣村の屍骸《むくろ》だけがその場に残され、船宿から松蔵とおりくのすがたは消えていた。名を変えているので、船宿の主人がすぐに松蔵だとは判明せぬであろうが、掌を千枚通しで串刺しにされた異様な情況が三年前の出来事に結びつかぬはずはない。

やがて、元掏摸《あや》の松蔵が船宿を営んでいたことも、三年前の恨みを晴らすために垣村を誘って殺めたであろうことも、探索の筋書きに載せられる公算は大きかった。

もちろん、真相は別にあると、又兵衛はおもっている。だいいち、三年も意趣返しの機会を狙っていた慎重な松蔵が、わざわざ自分に繋がるような証しを残すはずはない。藤安殺しと同様、誰かが濡れ衣を着せようとしているにちがいなかった。

大足の刺客が垣村を殺ったとするならば、松蔵とおりくやふたりに匿われていた辻堂文四郎と幼い娘の安否が心配でならない。

「垣村は下司《げす》野郎ですが、同心殺しは重罪です。北町の連中は血眼になって下手人を捜すはず」

されど、表沙汰《おもてざた》にはできまい。廻り方同心の不審死を白日《はくじつ》の下《もと》に晒し、市井《しせい》に住む人々の不安を煽《あお》るようなまねはできぬからだ。厳重な箝口令《かんこうれい》が敷かれるなか、捕り方は一斉に動きだす。松蔵とおりくは袋の鼠、やはり、どう考えても逃げ道はないものと考えざるを得なかった。

「北町の連中は殺気立っております。こっちが下手《へた》な動きをすれば、すぐさま嚙みついてくるに相違ない。どういたしましょう。探索をいったん止めるのも手かと」

「わかった。おぬしはもうよい」

「えっ、平手さまはおつづけになるのですか」

「さてな。恐れをなして尻尾を巻く者に教えてもはじまらぬ」

強烈な皮肉を放っても、でえごには響かない。

深々とお辞儀をし、何も言わずに去っていく。

長元坊を巻きこむのも申し訳ない情況なので、とどのつまり、たったひとりで動くしかなかった。

動いたところで、壁にぶつかるのは目にみえている。

そもそも、敵の正体がはっきりしていなかった。

端緒《たんしょ》は両替商も営む油問屋の難波屋にあると踏んでいたが、怪しいというだけで明確な根拠があるわけではない。

いざとなれば、拐《かどわ》かして責め苦を与えるか。

人を食ったような狸顔を頭に浮かべ、首を左右に振った。

よい思案も絞りだせぬまま、夕暮れの川端を当《あ》て所《ど》もなく散策する。

気づいてみれば、薬研堀の船宿を目の前にしていた。

垣村が屍骸でみつかったのは今朝のはなしだが、船宿の周囲はしんと静まりかえり、捕り方の影らしきものも見当たらない。

不審におもいながらも、表口のほうへ足を向けた。

もちろん、松蔵やおりくが戻っているはずはなかろう。

だが、敷居の向こうには、あきらかに人の気配があった。

閉めきられた板戸に耳を近づけた刹那《せつな》、すっと内から引き戸が開かれる。

「あっ」

面と向かったふたりで、同時に声をあげた。

棒のように立ち惚《ほう》けた相手は、北町の例繰方の根張作兵衛である。

「誰かとおもえば、南町のはぐれ者ではないか」

もっとも会いたくなかった相手かもしれない。

根張は三白眼《さんぱくがん》に睨み、こちらの意図を探ろうとする。

「殺しのあった場所に、おぬしはかならずあらわれる。内勤のくせに、妙な男だな」

「そちらのほうこそ、吟味方《ぎんみかた》でもないのに、何を調べておられる」

「事の真相よ。真相がわからねば、夢見が悪かろうが」

たしかに、ぐっすり眠りたいがためだけに、困難な探索をつづけるのかもしれない。

「おぬし、やはり、調べをつづけておったようだな」

「わかりますか」

「ああ、わかる。無冤録述《むえんろくじゅつ》を読みこむようなやつが、中途半端に調べを止めるはずがない」

「ひょっとして、あなたも同じ穴の狢《むじな》だと仰る」

「ああ、そうだ。おぬしとわしは同じ穴の狢、狢同士で手を組めば今の難しい情況を変えられるかもしれぬ」

「難しい情況」

「もうすぐ、辻堂某《なにがし》の人相書が市中に出まわる。円座の松蔵の素姓が割れるのも、さほどさきのはなしではあるまい」

根張はすべてを知ったうえで、周囲の連中には何も告げず、独自の調べをすすめているのだろうか。

「漬物樽からみつかった左手首のこともそうだが、何者かが意図してやったに相違ない。濡れ衣の疑いがあれば、きっちり調べて白黒つけねばなるまいが。されどな、検屍与力の意見なんぞは屁《へ》のようなものだ。人相書の件はああだこうだと難癖をつけて止めさせておるが、粘ってもあと三日ほどであろう。それまでに真相を暴かねばならぬということさ」

おもいがけぬ根張のことばに戸惑いつつも、又兵衛は一筋の光明《こうみよう》をみたように感じていた。

「三分坂の医者殺しも、こたびの同心殺しもそうだ。わしらの知らぬ誰かが小細工をしている。北町の吟味方も阿呆ではない。それくらいは気づく。されど、裏の筋書きが明確にみえてこなければ、白旗《しらはた》を揚《あ》げるしかなかろう。それらしい罪人を引っぱってこさせ、無理にでも筋書きを完結させたうえで、早々に幕引きをはかろうとするはずだ」

「濡れ衣とわかっていながら、罪もない者たちを処断すると」

「世の中、きれいごとでは済まされぬ。それくらいは、おぬしもわかっていよう」

ぐうの音《ね》も出ない。

「されどな、おぬしは言った。『真実を知るのに北も南もない』とな。おぬしが偉そうに抜かしたことばが、どうにも耳から離れぬ。残された時は少ないが、公儀から十手を預かっている以上、真相の追求を止めるわけにはいかぬ。まあ、恰好つけて言えば、そういうはなしだ。さて、おぬしはどういう手掛かりを摑んでおる」

わずかに躊躇《ためら》いながらも、又兵衛は根張を信じてみようとおもった。

「大足の手練《てだれ》を捜しております」

「やはり、おぬしも足跡をみつけておったか」

根張は薄く笑った。

「川縁で足跡をひとつみつけたぞ。三分坂にあったのと同じ、十二文の足跡だ」

「やはり、ご存じでしたか。まちがいなく、そやつの仕業にちがいありません」

又兵衛は氷川明神門前の難波屋を訪ねたあと、八丁堀の屋敷前で刺客に襲われた経緯を告げた。

「なるほど、敵さんも焦《あせ》っておるようだな。医者殺しも同心殺しも、狙いは口封じかもしれぬ」

根張は何か摑んでいるようだった。

「ちと小腹が減った。夜鷹蕎麦《よたかそば》の屋台が川端を流しておったぞ。どうだ、蕎麦でもたぐりにいかぬか」

返事の代わりに、きゅるるっと空きっ腹が音を起《た》てる。

「正直な男だな」

根張は笑いながら外に出て、大股で歩きはじめた。

十二

低い空には満月が煌々《こうこう》と輝いている。

両国橋《りょうごくばし》の近くで、白い湯気に包まれた屋台蕎麦をみつけた。

先客はおらず、根張は暖簾《のれん》を振り分けると、十六文の掛け蕎麦《かそば》ではなく、倍はする月見を二杯注文する。

「奢《おご》ってやるさ。わしのほうが年上だからな」

蕎麦が出されるまえに燗酒《かんざけ》で一献《いっこん》かたむけ、凍《こご》えそうなからだを温めた。

口のほうも滑《なめ》らかになり、根張は屈託《くったく》のない調子で喋りつづける。

ほとんどは廻り方や吟味方の体《てい》たらくぶりを嘆《なげ》く愚痴《ぐち》で、まともに聞いていると虚しい気分になってきた。

根張は手酌《てじゃく》でぐいぐい呑み、銚釐《ちろり》が空になるとお代わりをする。

親爺《おやじ》は蕎麦を出す機を窺っていたが、仕舞いには作るのをあきらめ、椅子《いす》に座って煙管《きせる》を喫《ふ》かしはじめた。

ほかの客は来ない。それもあって、根張は突っこんだはなしを持ちだす。

「こっちの内与力に頼み、そっちの内与力に圧を掛けてもらった」

「やっぱり、根張どのの仕業でしたか」

「おぬしを試したのさ。上に言われて萎《しお》れるのか、それとも意地を通そうとするのか。ふふ、萎れるようなら、二度と会うこともなかったろうよ」

喜んでいいのかどうか、よくわからない。

「ま、そんなはなしはどうでもいい。本題にはいろう。死んだ垣村三太夫はな、金の生《な》る木をみつけたと、周囲に吹聴《ふいちよう》していたそうだ」

「金の生る木」

「近頃はたいそう羽振りがよく、拝領《はいりよう》屋敷《やしき》の瓦《かわら》を銅瓦に変えようとしていたとか。調べてみたら、あやつめ、同心株を質草《しちぐさ》に金貸しから三百両も借りておった」

「ほう」

「三百両を元手に何をしていたかわかるか。あやつめ、銭相場で儲《もう》けていやがった」

「なるほど、銭相場ですか」

「半端な儲けではないぞ。三百両を投じて、たったの二日で五十両もの利を得ていたらしい」

そのことを黙っていられなくなり､親しい廻り方同心に喋っていたのだという。

「どうやって儲けたのか、確かなところはわからぬ。ただ、二日で利を得たというのが気になってな、勘定所《かんじょうしょ》の知りあいに内々で調べてもらったら、おもしろいことがわかった。聞きたいか」

「是非」

又兵衛は身を乗りだした。

根張は嬉しそうに間を置き、声を一段と低くする。

「教えてやろう。暮れに大掛かりな銭の買いあげがあった。額までは教えてもらえなんだが、一万両余りの公金が投じられたらしい。一両につき銭六貫目《かんめ》二百文の相場が、たった二日で五貫目三百文まで高騰《こうとう》した。手持ちの銭を売って差額を儲けようとすれば、一両につき九百文の利を得たことになる」

空で算盤《そろばん》を弾いた。百両の売却なら九十貫文の十七両、三百両なら二百七十貫文で五十一両のぼろ儲け、同心株を質草にした腐れ同心が儲けた額とほぼ一致する。

「つまり、垣村は公金が投じられることを、あらかじめ知っていたと」

「さあ、わからぬ。勘定方《かんじょうかた》でもかぎられた上の連中しか知らぬ極秘中の極秘ゆえな。されど、同心株を質草にするってのは、自分の首を預けるようなものだ。確実に儲けられるはなしでなければ、いかに腐れ同心でも乗りはせぬだろう」

大掛かりな公金の投入を事前に知っていたとすれば、いったい、誰から聞いたのだろうか。

ぴんとくるものがあった。

氷川明神門前の難波屋は、銭両替を営んでいる。

「それよ。垣村と難波屋は知らぬ仲ではない。それに、難波屋も銭相場でたいそう儲けておるようだ」

「両替屋が銭相場で儲けるのは御法度では」

「それは表向きのはなしだ。物事にはかならず、表と裏がある」

はなしが途切れた間隙《かんげき》を盗み、月見蕎麦が出された。

ふたりは丼《どんぶり》を抱えこみ、ぞろぞろ蕎麦を啜りあげる。

ひとことも喋らずに口から白い湯気を吐き、汁を一滴も残さずに呑みほした。

腹が満たされると、頭のほうもおもしろいようにまわりはじめる。

「垣村は金の生《な》る木をみつけたと仰いましたね。もしかしたら、難波屋を強請《ゆす》っていたのかもしれませぬぞ」

「何をねたに強請る」

「公儀が銭買いに走れば、銭相場は高騰する。難波屋は何故《なぜ》か、そのことを事前に知っていた。高騰するとわかっていて銭を売るのは御法度、ましてや銭両替を営む両替商がそれをやったとわかれば厳しく処断される。垣村は難波屋が不正で儲けた動かぬ証しを摑み、ばらされたくなければ金を払えと脅《おど》したのではないでしょうか」

「動かぬ証しとは、何であろうな」

それこそ、自分が銭相場で儲けた事実にほかなるまい。

「垣村はおそらく、難波屋ではない別の者から儲け話を聞いた。しかも、みずから銭を売り買いして儲けてみせ、同じことをした難波屋を強請ったのでは」

「おもしろい筋立てだな。ひょっとして、垣村に儲け話を持ちこんだのは葛根湯医者の藤安か」

そう考えれば、ふたりが殺められた理由は説《と》けるかもしれない。

「やはり、口封じか」

おそらく、難波屋の意図したことではなかろう。いかに悪徳商人でも、同心殺しに踏みきる勇気はあるまい。

「殺しを指図した下手人は別にいるということだな。難波屋が銭相場で儲けたからくりを知られたくない者の仕業か」

「はい。藤安はそやつから、何らかの役目を負わされていたのかもしれません」

「どういうことだ」

「医者ならば、武家と商家を行き来しても怪しまれる恐れはない」

「公金が投じられる日時と額を秘かに難波屋へ伝える。それこそが藤安の役目だったとすれば、難波屋に儲けさせた武家がおるはずだ」

「おそらく、勘定所のお偉方にございましょう」

「待てよ。藤安はたしか、御掃除之者町の上客を頻繁《ひんぱん》に訪ねておったな」

又兵衛の脳裏《のうり》には、龍の尾に似た松の枝が隆起《りゅうき》する光景が浮かんでいた。

「気になる屋敷がひとつございます」

「わしも今、その屋敷を思い浮かべた。出世の赤松であろう」

「ご名答にござる。赤松内記は勘定組頭、つぎの勘定吟味役と目されている大物にほかなりませぬ」

「当然のごとく、公金が銭買いに投じられる日取りや額を知っていたはず。事前に銭を集めておいてから売れば、大儲けできる」

「されど、みずからそれをやれば腹を切らねばならぬため、難波屋を使って秘かに儲けが戻ってくる仕組みを考えついた」

首尾《しゅび》よく事が成就《じょうじゅ》したはずであったが、ひとつだけ誤算が生じた。

連絡役《つなぎやく》の藤安が欲を掻《か》き、隠れて自分も儲けようとしたのだ。

「そのことが発覚し、藤安は命を縮めたのかもしれませぬ」

藤安はまんがいちのことを考えて、懇意にしていた垣村にも声を掛け、儲けさせてやった。何かあったら、命を守ってほしかったのだろう。ところが、垣村は欲を掻き、あろうことか、難波屋に強請《ゆすり》をかけた。

「強請をかけずとも、いずれは口を封じられる運命にあったのかもしれませぬが、ともあれ、敵は容赦《ようしゃ》しなかった。藤安ばかりか、垣村も消してしまった。いかがです、この筋書きは」

「すとんと腑《ふ》に落ちるな。されど、ひとつとして裏付けはない」

「裏付けのない筋読みは、邪推《じゃすい》にすぎぬ。亡くなった父に、そう諭《さと》されたことがございます」

「お父上の仰るとおりだ。わしらは蕎麦屋の屋台で戯《ざ》れ言《ごと》を喋っているにすぎぬ」

「鍵を握るのは、医者殺しの濡れ衣を着せられようとしている辻堂文四郎かもしれませぬ」

ふと、記憶に甦ったことがある。辻堂はまちがいなく、小人目付だったときに「赤松組」に属していたと言った。

「辻堂どのに聞けば、大足の刺客についても何かわかるかもしれませぬ」

「みえたな、探索の道筋が。されど、相手が勘定組頭となれば、一筋縄《ひとすじなわ》ではいかぬぞ」

下手を打てば、こちらの首が飛ぶ。

策を講じるにしても、辻堂や松蔵たちを一刻も早くみつけださねばならぬ。

「何よりもそれだな」

根張は勘定を忘れて立ちあがり、さっさと寒空の下へ出ていく。

又兵衛は仕方なく懐中に手を入れ、銭を勘定しながら丼の脇に置いた。

十三

何故《なぜ》か、いつも損な役ばかりがまわってくる。

ただし、こたびはみずから望んで身を投じたことゆえ、文句を言う気はない。

二日後の夕刻、役目終わりで帰路をたどり、八丁堀へつづく弾正橋を手前にしたところで声を掛けられた。

「どうか、おこころざしを」

身を寄せてきたのは、欠け茶碗を持った女の物乞《ものご》いである。

袖口をまさぐって小銭を手渡すと、白魚《しらうお》のような指が伸びてきた。

「ん」

破れた菅笠《すげがさ》の奥で、つぶらな眸子《まなこ》が光っている。

「あっ、おぬし」

「お静かに」

低声《こごえ》を発するのは、襤褸《ぼろ》を纏《まと》ったおりくであった。

橋向こうには、岡っ引きらしき男が彷徨《うろつ》いている。

おりくはお辞儀をし、背を向けてゆっくりと歩きだした。

又兵衛は少し間を空け、さりげなくおりくの背中を追いはじめる。

京橋川に架かる白魚橋《しらうおばし》を渡って三十間堀《さんじっけんぼり》へ進み、堀沿いの道を芝口まで歩いて右に折れた。しばらく坂道を上り下りしながら溜池をめざし、溜池沿いの桐畑《きりばたけ》を進んで赤坂御門へ向かう。

おりくは御門のまえを通過し、紀伊国坂《きのくにざか》をのぼっていった。右手の盛り土がしてあるところは、首縊《くびくく》りの名所としても知られる喰違《くいちがい》見附《みつけ》の門前であろう。坂道を直進して紀伊《きい》屋敷のさきを左手に曲がれば鮫ケ橋坂《さめがはしざか》の下り、坂下を右手に行けば鮫ケ橋谷町《さめがはしたにまち》にいたる。

どんよりと薄暗い露地裏には夜鷹の巣窟《そうくつ》もあった。

辻堂父娘ともども、この辺りに隠れているのだろうか。

おりくは酢っぱい臭《にお》いのする裏道をたどり、壊れかけた棟割《むねわり》長屋の木戸を潜《くぐ》った。

逢魔刻《おうまがとき》である。

長屋にへばりつく住人たちが、百鬼夜行《ひやっきやこう》に描かれた化け物のすがたと重なった。

うらぶれた連中は闖入者《ちんにゅうしゃ》にはいっさい関心を払わず、井戸端で洗濯をしたり、包丁で菜を刻んだりしている。

「平手さま、こちらへ」

おりくは菅笠を取り、奥のほうへ誘《いざな》おうとした。

どぶ板を踏みしめて進むと、糞溜《くそだめ》に近い部屋のまえに、松蔵らしき老い耄《おぼ》れが佇んでいる。

七つほどの娘が脇にしゃがみ、木の枝で地べたに絵を描いていた。

里美という辻堂の娘であろう。

「ああして祈るように、ただひたすらお父上の顔を描いております」

おりくは悲しげに俯いた。

父親に何かあったのだろうか。

部屋を覗いてみると、辻堂文四郎が煎餅蒲団《せんべいぶとん》のうえに寝かされていた。

血の臭いがする。金瘡《きんそう》を負っているようだ。

「伊武半之丞という男に斬られました」

「伊武半之丞」

辻堂のはなしに出てきた名だ。小人目付の頃からの知りあいで、役目を辞してからも何かと世話を焼いてくれ、医者の藤安を辻堂に繋いだ人物でもあった。

伊武に斬られた傷は深く、金瘡医《きんそうい》に手当てさせたが、命の保証はできぬと言われたらしい。

「ここ二、三日が山場だそうです」

黙って絵を描きつづける娘をみていると、胸が押しつぶされそうになる。助かってくれるのを祈るしかなかった。

「斬られたのは昨晩のことです。閻魔《えんま》さまの斎日《さいにち》だったのに、お祈りに行けませんでした。だから、罰《ばち》が当たったんだとおもいます」

場所は赤坂の御掃除之者町へ通じる稲荷坂の坂下だった。

辻堂は深傷《ふかで》を負って血達磨《ちだるま》になりながらも、娘に会いたい一心で戻ってきたのだという。

「会いにいくのは止めたほうがいいと、爺っちゃんも言ったんです。でも、相手は数年来の友だから案ずることはない、少しばかり金子《きんす》を工面してもらうだけだと、辻堂さまは仰って」

みずから会いにいき、不意打ちでばっさり肩口を斬られたのだ。

「金子の工面か」

「定廻りの垣村三太夫が屍骸《むくろ》でみつかり、船宿を捨てねばならなくなりました。それもあって、迷惑ばかり掛けるわけにはいかぬと、辻堂さまはお考えになったようです。もっと強く、袖を摑んででもお止めすればよかったと、悔やんでも悔やみきれませぬ」

「おぬしのせいではない」

優しい口調で慰めると、おりくは涙ぐむ。

涙を拭《ぬぐ》うのを待ち、又兵衛は伊武半之丞のことを問うた。

「たしか、小人目付であったな」

「はい。足が大きいので、大足の綽名《あだな》で呼ばれていたそうです」

「まことか」

大足の刺客は、辻堂のそばに潜《ひそ》んでいた。

伊武が辻堂を気に掛けていたのは、いざというときに身代わりとして使う腹でいたからだろう。

「医者を殺《あや》めて辻堂さまに濡れ衣を着せようとしたのも、伊武半之丞だったのでしょうか」

「まちがいあるまい。同心殺しの濡れ衣をおぬしらに着せようとしたのもな」

伊武は役人の粗探《あらさが》しをする小人目付だけあって、三年前に垣村三太夫が松蔵にやったことも調べていたのだろう。それゆえ、遺体の掌を重ねて串刺しにし、松蔵が意趣返しでやったように小細工できたにちがいない。

いずれにしろ、人の善《よ》い辻堂は伊武の意図に気づくこともできず、交流をつづけてきた。ふたりはかつて「赤松組」に属する小人目付であった。赤松内記は勘定組頭に出世を遂《と》げたが、伊武が今も赤松の子飼いであることは想像に難《かた》くない。汚れ仕事を一手に引きうけているのだろう。

松蔵が里美の頭を撫で、こちらへゆっくり近づいてくる。

「平手さま、伊武半之丞は東軍流《とうぐんりゅう》の免許皆伝《めんきょかいでん》だそうです。辻堂さまから伺いました」

「なるほど、そうであったか」

鋭い刺し面から袈裟懸けにいたる太刀筋《たちすじ》が脳裏に甦ってくる。

「伊武は狂犬だ。後ろには厄介な飼い主が控えておる」

「そいつはもしや、赤松内記では」

「親爺さんは知っておったのか」

「怪しいとおもっておりやした。何せ、おりくがみております」

葛根湯医者の藤安は、赤松屋敷を何度か訪れていたという。

「決まりだな」

ようやく、敵の正体があきらかになってきた。

松蔵は口角をさげ、小さな眸子《まなこ》を細める。

「勘定組頭といえば、何万両もの公金を動かす大物でござんしょう」

「ああ、そうだ。法度に触れる悪事をはたらいても、旗本を裁《さば》くのは御目付《おめつけ》の役目、不浄役人の手には余るだろうな」

「どうなさるおつもりで」

「どういたすか。不正の証しを立てるには時が足りなすぎる。うかうかしておるあいだに、辻堂どのやおぬしらに捕り方の手がまわってこよう」

「あきらめるんですかい」

松蔵に冷たい眼差しを向けられ、又兵衛は苦笑する。

「もう遅い。あきらめるなら、疾《と》うにあきらめておったさ」

「えっ」

「わしはおぬしらを掏摸と知りながら、殺しの疑いが掛かっている浪人を匿ってほしいと頼んだ。それがばれたら、十手を返上せねばならぬ……ふふ、心配いたすな。おぬしらを見捨てはせぬ。とは申せ、よい思案が浮かばぬ。それゆえ、困っておるのさ」

「わたしらもお手伝いさせていただきます」

松蔵の隣におりくも身を寄せ、意志の籠《こ》もった目を向けてくる。

又兵衛は釘を刺すのを忘れない。

「命を落とすかもしれぬぞ」

「なあに。疾うに覚悟はできておりやす。このまんま指を咥《くわ》えていたら、同心殺しで磔獄門《はりつけごくもん》になるしかありやせんからね」

松蔵は不敵な笑みを浮かべた。追いつめられた情況を楽しんでいるようでもあり、頼もしいことこのうえない。

ありがたいと、又兵衛はおもった。ふたりが罰すべき掏摸であることなど、もはや、どうでもよい。おぬしらを磔台に送るわけにはいかぬ。任せておけと言う代わりに、握った拳でぽんと胸を叩いた。

十四

町奉行所の役人として禄を食《は》んでいるのに、何処《どこ》かに属しているという感覚が薄い。枠組みに縛られたくない気持ちが強いのか、敢《あ》えてほかの連中と親しくせず、はぐれ者であることをよしとしている。ひねくれた性分は生来のもので、こうと決めたら単独で動くことに何の躊躇《ためら》いもない。

こたびがそうであった。又兵衛は上役にも告げず、みずから策を練り、幕臣の大物を嵌《は》めようとしている。不浄役人の手に余るからといって、手をこまねいているわけにはいかなかった。

三分坂の坂下で藤安の屍骸《むくろ》を検屍したときから、こうなる運命にあったのだろう。

鮫ヶ橋谷町の裏長屋を訪ねてから二日経っても、辻堂文四郎は目を醒《さ》ましていない。

予断を許さぬ情況だが、立ち止まっている気はなかった。

又兵衛のすがたは、内桜田御門《うちさくらだごもん》の門前脇にある。

裃姿《かみしもすがた》で御門から出てくるのは、御城勤めの連中にほかならない。

誰もが正面をみつめてせかせか歩き、門前脇に佇む不浄役人なんぞには目もくれなかった。

下城する幕臣を何人見送ったであろうか。

老中や若年寄《わかどしより》などのお歴々は、八つ刻（午後二時頃）には下城していった。

それから半刻（約一時間）近く経っても、目当ての人物はあらわれない。

ふうっと溜息を吐いたところへ、厳《いか》めしげな背の高い人物がやってきた。

「あれか」

まちがいなかろう、勘定吟味役の馬場庄左衛門《ばばしょうざえもん》である。

門前で待っていた馬場家の供人らしき者たちが駆けてきた。

又兵衛は道の向こうに軽くうなずき、人影がさっと動いたのを確かめるや、小走りで馬場の背中に近づく。

「もし、落とし物にござります」

財布を右手に掲げて声を掛けると、馬場と従者たちが振りむいた。

馬場は財布を睨み、不審げに首をかしげる。

「わしのものではない。何かのまちがいであろう」

「さようでしたか」

こちらに関心が向けられた間隙《かんげき》を衝《つ》き、人影が馬場の小脇に近づいた。

袂《たもと》に触れるほど近づき、地べたに額《ぬか》ずいてみせる。

「どうか、おこころざしを」

物乞いに化けたおりくだった。

「ええい、退《ど》け」

供人に追いはらわれたが、すでに、おりくはやるべきことを済ませている。

馬場の袂に一寸書きを落《お》としたのだ。

大胆不敵な落とし文《ぶみ》、松蔵の技を継《つ》ぐおりくにしかできぬことだった。

一寸書きには「配下が銭両替と密談」とあり、密談の日時と場所が明記されている。

北町奉行所の根張作兵衛によれば、勘定所内では以前から銭相場で不当に儲ける役人の存在が指摘されており、その者の正体が判明するかもしれぬとあらば、勘定所の諸々《もろもろ》を統轄する勘定吟味役みずから出張《でば》ってくるはずだと、又兵衛は踏んだ。

それゆえ、おりくに落とし文を頼んだのである。

馬場は一寸書きを読んで不審におもうだろうが、密談の現場を押さえたい欲求には勝てまい。配下の密談が事実ならば、上役の自分も何らかの咎《とが》めを受けねばならなくなる。それゆえ、勘定奉行や目付には告げずに内々で処理すべく、みずから隠密裡《おんみつり》に出張ってくるしか手はなかろう。それがこの企《くわだ》ての肝《きも》であった。

一方、肝心要《かんじんかなめ》となる密談の手回しも、すでに済ませてある。

今朝ほど、又兵衛は氷川明神門前の難波屋を訪ね、悪人を装《よそお》って主人の善右衛門に強請《ゆすり》をかけた。

定廻りの垣村三太夫が書き置きを遺《のこ》していたと嘘を吐《つ》き、銭相場で儲けた筋書きを告げてやったのだ。赤松内記の名を口にすると、それまでは適当にあしらっていた難波屋もさすがに脂汗《あぶらあせ》を掻きはじめた。すかさず、又兵衛は「三百両ではなしをつけてやる」と声を押し殺し、悪人の仲間になる御墨付きが欲しいので、赤松自身を密談の場へ来させるように命じた。

時は今宵、場所は深川洲崎《ふかがわすさき》の『弁天屋《べんてんや》』という料理茶屋である。

赤松が来なければ、垣村の書き置きに訴状を添えてしかるべき筋に持ちこむと脅しつけたので、難波屋は渋々ながらも承知せざるを得なかった。ここまで仕込んでおけば、悪人どもが雁首《がんくび》を揃えるのはまちがいない。

又兵衛は御門から離れ、西ノ丸下《にしのまるした》をのんびりと歩きはじめた。

立ち止まって振りあおげば、蛤濠《はまぐりぼり》の向こうに蓮池二重櫓《はすいけにじゅうやぐら》と巽櫓《たつみやぐら》がみえ、さらにその向こうには天守《てんしゅ》代わりの富士見三重櫓《ふじみさんじゅうやぐら》が悠然と聳《そび》えている。

「こんな場所、滅多に来ることはござんせんよ」

物乞い姿のおりくが、かたわらから喋りかけてきた。

「わしもそうだ」

不浄役人は遠慮があるのか、千代田城《ちよだじょう》のそばに近寄りたがらない。常のように遠くから眺めているので、広々とした西ノ丸下や御濠端《おほりばた》も高い石垣や堂々とした櫓も、又兵衛の目には新鮮な景色に映った。

西ノ丸下の途中で左手に折れ、馬場先御門《ばばさきごもん》を抜けて鍛冶橋御門《かじばしごもん》まで進む。誰に見咎《みとが》められるわけでもないが、おりくは少し間を空けて後ろから従《つ》いてきた。又兵衛は鍛冶橋を渡って右手に曲がり、比丘尼橋《びくにばし》のたもとへ下りていく。

桟橋《さんばし》の端には、小舟が一艘《そう》繋がれていた。

暇そうに煙管を燻《くゆ》らす船頭は、大柄な男だ。

菅笠をかぶっているので、人相はわからない。

又兵衛が近づくと、面倒臭《めんどうくさ》そうに纜《ともづな》を解きはじめた。

「上手くやったか」

ぎろりと睨みつける船頭は、鍼医者《はりいしゃ》の長元坊にほかならない。

昨晩事情を告げたところ、おもしろそうだから手伝ってやると言ってくれた。

長元坊さえ隣に居てくれたら恐い物無しだが、気恥ずかしいので礼はいっさい口にしない。

おりくは桟橋に佇み、ぺこりと頭をさげた。

「よしなにお願い申しあげます」

「へへ、あとは任せておけ」

又兵衛の言うべき台詞を、長元坊が口にする。

「おぬしは、辻堂どのと娘を頼む」

又兵衛のことばに、おりくはきりっと唇《くちびる》を結んだ。

懐中から燧石《ひうちいし》を取りだし、鑽火《きりび》まで切ってくれる。

——かち、かちっ。

金縷梅《まんさく》の花のような火花が閃《ひらめ》いた。

「何やら、合戦場へ征《い》くみてえだな」

長元坊は豪快に笑い、巧《たく》みに棹《さお》を操《あやつ》る。

小舟は音も無く桟橋を離れた。

見送るおりくは、杏色《あんずいろ》の夕照《せきしよう》を背負っている。

「又よ、今生《こんじよう》の別れになったらどうする」

小舟が水面《みなも》を滑りだすと、長元坊は縁起でも無いことを口にした。

「敵さんが罠《わな》に掛かったとしても、大足の野郎とは決着をつけなくちゃならねえ。

勝てる自信はあんだろうな」

「さあな」

「そいつはやってみなくちゃわからねえか。けっ、毎度のはなしだぜ」

勝つか負けるかは時の運、物事はなるようにしかならない。

ただし、又兵衛は一度相手の太刀筋をみている。

腹のなかでは、かなりの自信があった。

勝てると踏まねば、これほど無謀な策は考えつかなかったであろう。

「弁天屋の女将《おかみ》は腰痛持ちでな、おれの鍼《はり》に頼りきっている。だから、無理を聞いてくれたんだぜ」

「ふん、恩着せがましいことは言うな」

「それなりの報酬をくれるってなら、口を噤んでやるさ。へへ、阿漕《あこぎ》な連中から銭相場の儲けでも頂戴するかな」

「無駄口を叩くな。段取りを忘れちまうぞ」

「おめえの身代わりになって、宴席に先乗りすりゃいいんだろう」

「できるだけ連中を引き留めておいてくれ」

「任せておけってえの」

長元坊はどんと胸を叩く。

小舟は大川を突っ切り、越中島《えっちゅうじま》のとっかかりに船首を入れた。永代寺《えいたいじ》門前の一《いち》の鳥居《とりい》や三十三間堂《さんじゅうさんげんどう》を左手に眺め、すいすいと奥のほうへ進む。

やがて、洲崎弁天《すさきべんてん》に達する頃には日の入りも間近となり、材木の積まれた木場《きば》一帯は紅蓮《ぐれん》の炎に包まれた。

「おい、絶景だな」

長元坊にはまだ景色を楽しむ余裕がある。

「あいかわらず、暢気なやつだな」

又兵衛は腰の刀に手を触れた。

父から受け継いだ美濃伝《みのでん》の「和泉守兼定《いずみのかみかねさだ》」である。

二尺八寸の長尺刀《ちょうじゃくとう》ゆえ、抜刀《ばっとう》の際は鯉口《こいぐち》を左手で握って引き絞らねばならない。

この「鞘引《さやび》き」に長じていなければ、宝刀を扱うことはできなかった。

毎日欠かさず、素振りの鍛錬《たんれん》だけは繰りかえしている。

一見すると軟弱な内勤役人にしかみえぬが、香取神道流の免状を持っており、座した姿勢から相手を串刺しにする「抜きつけの剣」の達人でもあった。

「ちゃんと抜くんだぜ」

長元坊は念押ししてくる。

死にたくなければ抜けと、又兵衛を戒《いまし》めているのだ。

――抜かずに勝つ。これぞ剣の奥義なり。

父はいつもそう言っていたが、抜かずに勝つ神域《しんいき》には死ぬまで到達できそうにない。

長元坊に念押しされるまでもなく、こたびは抜いて勝つのだと、又兵衛はみずからに言い聞かせた。

両手の震えは、武者震いであろうか。

荒ぶる気持ちを抑えるにはじっと目を閉じ、身を切るような風の音に耳をかたむけるしかない。

「さあ、着いたぞ」

長元坊の声が弾《はず》んだ。

又兵衛は桟橋に降りたち、吹きさらしの土手道へのぼっていった。

十五

洲崎弁天の門前にある『弁天屋』の紺暖簾《こんのれん》が、寒風にはためいている。

長元坊は敷居の向こうに消えた。

しばらく待っていると、難波屋が法仙寺駕籠《ほうせんじかご》でやってきた。

それから四半刻ののち、暮れなずむ桟橋に小舟が一艘寄ってくる。

降りてきたのはふたりの侍で、ひとりは覆面で顔を隠していた。

勘定組頭の赤松内記であろう。

そして、後ろにつづくのは、大足の伊武半之丞にちがいない。

遠すぎて表情は判然としないが、ずいぶん鰓《えら》の張った男だ。

いずれにしろ、密談はこれで成立する。

ここまでは企てどおりだが、容易に事が運ぶとはおもっていない。

又兵衛は物陰からふたりを見送り、さらに四半刻ほど待ちつづけた。

「来ぬな」

襟を寄せて吐きすてる。

勘定吟味役の馬場庄左衛門は、なかなかあらわれない。

駕籠で来るのか、舟で来るのか、あるいは、来ないのか。

落とし文には時を微妙に遅らせて記したものの、次第に不安が募《つの》ってくる。

座敷には豪勢な御膳《ごぜん》が支度されているとはいえ、敵が業《ごう》を煮やしているのはまちがいなかった。長元坊ができるだけ粘ってくれるのを祈るしかない。

どっちにしろ、赤松内記は会ってはいけないはずの両替商と同じ座敷にいる。

馬場庄左衛門が乗りこんできさえすれば、思惑どおりに事が運ぶはずだった。

「早う来い」

必死の念が通じたのか、土手道の遥か向こうから駕籠が一挺《ちょう》近づいてくる。馬場であろう。

「よし」

又兵衛は拳を握った。

屈強そうな供侍が駕籠脇を固めているところから推《お》すと、まんがいちの場合を想定しているのであろう。

又兵衛は何をおもったか、物陰から離れ、駕籠の行く手に立ちはだかった。

料理茶屋の表口までは半町（約五十五メートル）近くある。

駕籠は止まり、捲《めく》れた垂れの奥から、馬場が顔をみせた。

「おぬしは誰じゃ」

不審げに質《ただ》され、又兵衛は深々と頭をさげる。

「南町奉行所例繰方与力の平手又兵衛と申します」

「もしや、おぬしか」

「落とし文のことなら、それがしではござりませぬ。それがしも何者かに呼びだされた口でしてな。呼びだした者の素姓はわかりませぬが、どのような相手かは想像はつきます」

「申してみよ」

「銭両替の難波屋に恨みを持つ者かと」

ここが勘所《かんどころ》とばかりに、又兵衛は阿漕な商人の難波屋が町医者殺しと同心殺しにも深く関与している経緯をかいつまんで説いた。

「勘定所の組頭ともあろうお方が、さような悪徳商人と密談を重ねているだけでも重い罪に問われましょう」

「真実ならば、わしとしても捨ておけぬ。されど解《げ》せぬのは、南町奉行所の内勤であるおぬしがここに呼ばれたことだ」

「南町で唯一、医者殺しを調べております。難波屋に目をつけておるのは、それがしだけではないかと」

「北町奉行所の連中は、別の下手人を追っていると申すのか」

「はい」

馬場は首をかしげ、半信半疑ながらも納得するしかない。

すかさず、又兵衛は核心に迫った。

「それがしは、密談の場に呼びだされた勘定方がどなたかも存じております」

「まことか、教えてくれ」

顎を突きだす馬場にたいして、又兵衛はくっと胸を反らす。

「難波屋の後ろで糸を引く黒幕にござります。そのお方の名を耳にされたら、あとへは引けませぬぞ」

「かまわぬ。早く教えろ」

「されば」

又兵衛は一瞬の溜《た》めをつくり、名を吐きすてた。

「赤松内記さま」

「まさか、赤松が」

「出世頭だそうですな。ひょっとすると、鴨《かも》の水掻《みずか》きかも」

「何だそれは」

「他人のみえないところで努力をする。されど、重ねてこられたのは善《よ》い努力ばかりではなかった」

宮仕《みやづか》えの役人ならば誰であろうと、先立つものがなければ出世できない。赤松内記がどうやって出世を遂げたのか、勘定所内では少なからず話題にのぼっていたはずだ。

「ふうむ、それにしても信じられぬな」

馬場はしばし考え、油断のない眼差しを送ってきた。

「おぬし、望みは」

「十手を預かる者として、事の真相が知りたい。嘘偽《うそいつわ》りなく、その一念にござります。それゆえ、ご配下の処断は馬場さまにお任せする所存にござる」

「上に告げる気はないと申すか」

「告げたところで益はござらぬ。かえって、収まるものも収まらなくなる公算が大きゅうござります」

「されば、交渉成立というわけか」

「いかにも。ほかになければ、今から密談の場へ踏みこみましょう。ただし、お気をつけなされませ。窮鼠猫《きゅうそねこ》を嚙《か》むの喩《たと》えもござりますからな」

「手練をふたり連れてまいった。よもや、返り討ちに遭《あ》うこともあるまい」

又兵衛は先導役となり、料理茶屋の内へ踏みこんだ。

女将には言ってあるので、阻《はば》む者は誰もいない。

ほかの客も入れておらず、二階の座敷は貸し切りの状態だった。

又兵衛はさきに立ち、足を忍ばせながら大階段をのぼっていく。

閉めきられた座敷の手前で立ち止まり、後ろにそっと囁《ささや》いた。

「それがしがさきにまいります。大声でお呼びしたら、踏みこんできてくだされ」

「わかった」

馬場は顎を引きしめ、用人ふたりに目配せを送る。

ふたりは肩を怒らせ、刀の柄《つか》に手を添えた。

悪人どもが成敗されれば、それまでのはなしだ。

女将には申し訳ないが、畳が血で穢《けが》れることになるであろう。

又兵衛は襖を開けた。

下座の長元坊が振りむき、赭《あか》ら顔《がお》で大笑する。

「がはは、遅いぞ、腐れ役人め」

上座の赤松が、ぎろりと睨みつけてきた。

ぎょろ目で頬の痩《こ》けた悪相の人物だ。

かたわらに控えた伊武は殺気を放つ。

ふたりに酌《しゃく》をしていた難波屋が、膝立ちのまま口を開いた。

「平手さま、お約束したとおり、赤松さまをお連れしましたぞ」

「そのようだな。ならば、御墨付きと三百両を貰《もら》おう」

すかさず、長元坊が三方を差しだす。

難波屋は懐中から金子を取りだした。

三方に置かれた小判は三十枚ほどであろうか。

三百両とはほど遠い。

「おいおい、何の冗談だ」

身を乗りだそうとする長元坊よりも早く、伊武が片膝立ちから白刃を抜く。

――しゅっ。

斬る気ではなく、脅しの一撃であった。

赤松が座ったまま、こちらに顔を向ける。

「それで手を打ってやる。死にたくなければ、金輪際《こんりんざい》、ややこしいはなしは持ってくるな」

「ふふ、こっちもはなしを長引かせる気はない。今宵で決着をつけようではないか」

又兵衛はすっと息を吸いこみ、腹の底から大声を張りあげた。

「馬場さま、おはいりくだされ」

今とばかりに、馬場庄左衛門が躍《おど》りこんでくる。

すでに、配下のふたりは白刃を抜いていた。

十六

馬場は大股で歩みより、三方を蹴りつけた。

小判が畳に散らばっても、赤松は上座から動かない。

いや、おもいがけぬ人物の登場に、身動きひとつできないようだった。

馬場は怒りで声を震わせる。

「これは何としたことじゃ。赤松、わしにわかるように説いてみよ」

赤松は眉間《みけん》に皺を寄せ、突如、笑いあげた。

「まあ、よかろう。おかげで手間が省《はぶ》けた」

「何じゃと」

「わしはもうすぐ、おぬしに取って代わる。勘定吟味役のおぬしがここで死ねば、その時期が早まるというだけのこと」

赤松は開きなおるや、すっと立ちあがる。

「伊武、殺《や》れ。束《たば》にまとめて地獄へ送ってやれ」

「はっ」

狂犬が動いた。

用人ふたりに牙《きば》を剝《む》く。

「ぬおっ」

気合いを発したのは、用人のほうだ。

胸を狙って突きを繰りだしたが、軽く躱《かわ》されて脇胴を抜かれた。

「げひょっ」

奥義の横雲《よこぐも》である。

断末魔《だんまつま》の叫びも収まらぬうちに、伊武は残るひとりに迫った。

「やっ」

用人は水平斬《すいへいぎ》りを狙ったが、すでに入り身《いみ》で懐中に飛びこまれていた。

つぎの瞬間、柄頭《つかがしら》の打突《だとつ》で片方の目を潰される。

「ぎぇっ」

双六《すごろく》という必殺技だ。

東軍流は小太刀《こだち》に長じた中条流《ちゅうじょうりゅう》を源流とし、室内での接近戦に威力を発揮する。気合いを発せぬ音無しの剣でもあり、ふっ、ふっという短い呼吸だけが不気味に聞こえてきた。

「ひぇっ」

逭って逃げようとする難波屋は、長元坊に首根っこを押さえられる。
又兵衛は馬場を背に庇い、欄間《らんま》を挟んで伊武と対峙した。
赤松は呵々大笑《かかたいしょう》する。
「ぬはは、伊武は小人目付随一の手練《てだれ》、不浄役人なんぞの相手ではないぞ」
「どうかな」
東軍流は時として、技を色に喩える。
攻めは赤、守りは青、混ぜあわせた紫は機に応じた返し技を指す。
さきほどの横雲は、必殺の奥義ではない。
究極の必殺技は、微塵《みじん》という。
頭頂の百会《ひやくえ》を狙った五寸斬《ごすんぎ》りから入り身で飛びこむ小太刀の技だ。
横雲からの百会斬《ひやくえぎ》り、さらに微塵とつづく連続の攻めを躱すのは難しい。
先手を取り、一撃で相手を仕留めねばならなかった。
仕留める技は、抜きつけである。
相手の予想以上に跳び、撃尺《げきしやく》の間合いを越えてみせねばならない。
ただし、上に高く跳べば欄間にぶつかる。
ほぼ真横に鋭く跳ぶには、ある程度の間合いを取らねばならない。

又兵衛は間合いを精緻《せいち》にはかりつつ、爪先で躙《にじ》りよった。
伊武は喋らず、表情も変えない。
こちらの動きを慎重に見極めようとしている。
獲物を狙う鷹の目だ。
又兵衛は好機を窺《かが》っていた。
跳躍するには屈まねばならない。
屈んだ拍子《ひょうし》に隙《すき》が生じ、相手に先手を取られるやもしれなかった。
誰ひとり喋らず、息をするのも忘れている。
座敷が張りつめた空気に包まれるなか、長元坊が阿吽の呼吸で空咳《からせき》を放った。
「こほっ」
伊武がわずかに顔を向ける。
今だ。
又兵衛は片膝をつき、えいっとばかりに跳んだ。
跳びながら兼定を抜刀し、一直線に切っ先を突きだす。
「ぬおっ」
顔面に迫った飛蝗《ばった》を避けるべく、鷹は顔を真横に向けた。

刺突《しとつ》を躱したまでは流石《さすが》だが、返しの一撃が繰りだせない。

伊武の眸子《まなこ》に映ったのは、互《ぐ》の目乱《めみだれ》の美しい刃文《はもん》であった。

刹那、左手首が落とされる。

輪切りになった切断面から、夥《おびただ》しい血が噴きだした。

――ぶしゅっ。

その血を頭から浴びたのは、背後に佇む赤松にほかならない。

赤鬼と化した勘定組頭はおのれの刀を抜き、闇雲《やみくも》に振りまわしたあげく、血で足を滑らせた。

伊武は痛みに耐えきれずに昏倒《こんとう》し、赤松は立ちあがろうとして何度も転ぶ。

「……な、何ということだ」

馬場は立ち惚《ほう》けたまま、顎をわなわな震わせていた。

長元坊は歩みより、赤松の襟首《えりくび》を摑んで血の池から引きずりだす。

なかば気を失った難波屋ともども、荒縄で背中合わせに括《くく》ってみせた。

又兵衛は蹲《うずくま》った伊武に歩みより、二の腕の辺りをきつく縛って止血する。

「運がよければ、助かるかもしれぬ。右手さえあれば、腹を切ることもできよう」

発しながら兼定の樋《ひ》に溜まった血を切り、無骨な黒鞘《くろざや》に納刀する。

「馬場さま、後始末はどうなされる。こちらでいたしましょうか」

又兵衛の問いかけに、馬場は我に返った。

「後始末はこっちでやる。その代わり、今宵のことはくれぐれも内密にしてほしい」

天下の勘定吟味役に頭をさげられたら、又兵衛も黙って引きさがるしかない。

もっとも、最初からそのつもりでいた。

手柄を立てる気もなければ、貸しをつくる気もない。

大階段の下から、蒼醒《あおざ》めた女将がやってきた。

「何とまあ、酷いありさまにござりましょう」

「すまぬ」

又兵衛は深々と頭をさげる。

穢《けが》れた畳や襖を換える代金は、畳にばらまかれた三十両で済ますしかなかろう。

それでも足りなければ、難波屋の蔵から長元坊に持ってこさせればよい。

どうせ、闕所《けっしょ》となる商人の蔵だ。

処分が下されるまえなら、いくらでも融通《ゆうずう》が利く。

一方、馬場が三人をどう処断するかはわからぬ。

しばらくのあいだ、様子を眺めるしかなかろう。

いずれにしろ、真相が表沙汰にされることはなかろうし、馬場はみずからの手で膿《うみ》を出した恰好になったとはいえ、みずからも何らかの責は負わねばなるまい。

「抜きつけをわざと外したのか」

長元坊に問われ、又兵衛は曖昧《あいまい》な笑みを浮かべた。

「おれはてっきり、失敗《しくじ》ったかとおもったぜ」

失敗ったのかもしれない。本気で命を狙わねば、勝てる相手ではなかった。

躱された瞬間、相手の左手首が目に飛びこんできたのだ。

肝心な場面で葛根湯医者の恨みが甦ったのか。

伊武の左手首を断ったのは、正直なところ、咄嗟の一撃だった。

「とどのつまり、善悪も生死も紙一重にすぎねえってはなしか。くわばらくわばらだぜ」

血の臭いを嗅《か》いでいると、一刻も早く惨状から逃れたくなった。

「又よ、帰って葱鮪鍋《ねぎまなべ》でも食うか」

長元坊のひとことが、傷ついて疲れきった又兵衛の胸に沁《し》みた。

十七

勘定組頭の赤松内記は切腹し、難波屋善右衛門は闕所のうえ斬首とされた。伊武半之丞は一命を取り留めたものの切腹は免《まぬが》れず、勘定吟味役の馬場庄左衛門は一身上の都合により役を辞した。

「いずれも罪状は伏せられたままだ。おぬし、知っておるなら、ぜんぶ教えろ」

北町奉行所例繰方与力の根張作兵衛は、わざわざ数寄屋橋の南町奉行所の門前で待ちかまえ、役目終わりの又兵衛をつかまえて質《ただ》そうとした。

近くの蕎麦屋台で月見を馳走《ちそう》してもらったが、とどのつまり、又兵衛は何も語らなかった。

葛根湯医者の藤安殺しも、定廻りの垣村殺しも、上からの鶴の一声で探索は終わりを告げた。根張は納得できず、赤松や難波屋が裁かれた経緯を独自に調べたが、江戸のとっぱずれにある洲崎弁天の料理茶屋が改築されたこととは結びつけられなかった。

又兵衛の関与を疑いつつも、確証を得ることはできない。それがわかったのか、蕎麦を食べたあとは潔《いさぎよ》く降参し、厳《いか》めしげな顔で書面作りに戻ると宣言したのである。

少し申し訳ない気もしたが、やはり、支障のある真相は黙っているにかぎる。又兵衛が根張との経緯を告げると、追及を恐れていた円座の松蔵は喜んだ。嬉しいことはほかにもあり、浪人の辻堂文四郎が意識を取りもどした。娘の里美が喜ぶ様子を眺め、又兵衛はわざわざ骨を折った甲斐があったとおもった。

「何から何まで、旦那のおかげです」

おりくは涙を浮かべ、今宵できっぱり掏摸は止めると宣言してみせた。

それを証拠にと連れだされたさきが、亀戸天神《かめいどてんじん》にほかならない。

正月二十四日の晩、天神さまの境内には大勢の人が集まってくる。

ちょうど梅が満開の季節、近くの梅屋敷《うめやしき》でも臥龍梅《がりゅうばい》が見頃を迎えていた。

だが、人々の目当ては夜の梅を見物に訪れることではない。

鷽替《うそかえ》という神事に参じるためだ。

参道には夜店が軒《のき》を並べ、軒行灯の明かりに辺りは照らされた。

境内にも篝火《かがりび》が随所に築かれ、他人の顔がわかるほどに明るい。

「心つくしの神さんが嘘をまことに替えさんす、ほんにうそがえおおうれし」

耳を澄《す》ませば、流行唄《はやりうた》が聞こえてくる。

鷽替神事の発祥は九州の太宰府《だざいふ》だが、四年前に大坂で大流行し、翌年からは江戸の亀戸天神でも催《もよお》されるようになった。

参詣客《さんけいきやく》はみな、社頭《しやとう》で木彫りの鳥を買いもとめる。

丹《に》や緑青《ろくしよう》に彩《いろど》られた鳥は鷽を模《も》したもので、鷽は嘘《うそ》に繫がっていた。

見知らぬ者同士が大きな輪になって唄いながら、手から手へ鷽を交換していくのである。そうすることで、凶事《きようじ》を吉事に替えることができると信じられていた。

手を繫いだ者は隣の者の袖に手を入れ、木彫りの鷽と鷽を交換していく。

掏摸にとって、これほど絶好の稼ぎ場所はない。

それゆえ、町奉行所の廻り方も駆けつけ、目を光らせている。

役人たちの目を盗み、いかに上手に盗みをやってのけるかが、掏摸にとっては腕の見せどころであった。

又兵衛の目には、誰が掏摸かもわからない。

一方、おりくにはわかるようだった。

「ほかの連中だって、わたしが円座の松蔵の孫娘だってことは知っている。誰よりも上手に金持ちの財布を掏ってみせることも、そいつを知らぬ掏摸はもぐりです。でも、わたしは止めます。今日を境に、何の取り柄《とえ》もない町娘に生まれかわります。さあ、旦那もこちらへ」

又兵衛はおりくに手を取られ、大きな輪に参じていった。

「替えましょ、替えましょ」

集まったみなの声が、気持ちを一気に高揚《こうよう》させる。

来《こ》し方《かた》を替えたい者は、鷽替神事へ参じればよい。

気づいてみれば、輪のなかには静香のすがたもあった。

恵比須顔《えびすがお》の主税や亀もおり、長元坊や菜売りの婆さまもいる。

留守を預かっていられなくなったのか、円座の松蔵も幼い里美を連れてきた。

何と、黒紋付《くろもんつき》を羽織《はお》った根張作兵衛のすがたまである。

「替えましょ、替えましょ」

誰もが紅潮《こうちょう》した顔で呪文《じゅもん》を口ずさんでいた。

木彫りの鳥で新しい自分に生まれかわることができるなら、亀戸天神へ来ないわけにはいかない。

又兵衛はいつの間にか、我を忘れていた。

三分坂の殺しなど、遥かむかしの出来事にすぎない。

夜が更《ふ》けても恍惚《こうこつ》となりながら、輪になった連中は呪文を唱《とな》えつづけた。

赤札始末《あかふだしまつ》

一

如月《きさらぎ》二日。

南町奉行所内は騒然としている。

出仕《しゅっし》して早々、神田川《かんだがわ》の北河岸《きたかし》に火の手があがったとの一報がもたらされた。

「悪魔河岸《あくまがし》か」

佐久間河岸《さくまがし》は材木の荷揚《にあ》げ先で、火が付けば手に負えぬことから「悪魔河岸」などとも呼ばれている。

北西からの強風に煽《あお》られた炎が神田川で阻《はば》まれればよいが、川を越えてしまえば神田日本橋一帯の町家はもちろん、御濠《おほり》に囲まれた千代田城も無事でいられる保証はない。数寄屋橋御門内の南町奉行所も例外とはなり得ぬため、内勤の役人たちは上から下まで血相を変えて廊下を走りまわっていた。

例繰方の又兵衛は取るものも取りあえず、重要な書面が収められた蔵へ向かった。

「駆けつけ」

素《す》っ頓狂《とんきよう》な声とともに飛びこんできたのは、例繰方や書役《かきやく》の同心ではない。鯔背《いなせ》な町人髷《ちようにんまげ》の若い男だ。

「平手さま」

「ん、おぬしは」

「髪結《かみゆい》の乙次郎《おとじろう》にござんす」

「ふむ、そうであったな」

「でえじな書面を運びだすためなら、たとえ火のなか水のなか……」

町内に内床《うちどこ》を持つ髪結には、火事の際に町奉行所の書面を運びだす役目が課されている。中床《なかどこ》の乙次郎は親方に命じられ、自慢の快足を飛ばして我先に駆けつけたらしい。預かっていた鍵で石の扉を開けるや、素早く手燭《てしよく》に火を付け、ずらりと並んだ書棚の奥へ向かった。

「……まちがえちゃいけねえよ。葵《あおい》の御紋入《ごもんい》りの赤風呂敷《あかぶろしき》だぜ」

みずからに言い聞かせ、勝手知ったる者のごとく、書棚の片隅から赤い風呂敷に包まれた書面を重そうに抱えてくる。

おそらく、風呂敷の中味が何かは知らされておるまい。

それは門外不出の御定書百箇条にほかならなかった。

例繰方の役人ならば当然のごとく、風呂敷の中味を知っていなければならない。

もっとも、又兵衛は分厚い冊子の端から端まで一言一句漏らさずにおぼえている。

御定書百箇条にかぎらず、重要とおぼしき書面の中味はたいてい記憶に留《とど》めており、写本《しやほん》を完成させる自信はあったが、もちろん、燃えないに越したことはなかろう。

「駆けつけ」

掛け声も勇《いさ》ましく、ほかの髪結も飛びこんできた。

やがて、同心たちもあらわれ、書面の運びだしがおこなわれていく。

命よりも大事な書面を守るのだと、常日頃から教えこまれていることもあって、誰もが必死の形相《ぎようそう》で奮闘していた。

「止めい、そこまでじゃ」

ところが、半刻（約一時間）ほど経過した頃、後ろのほうから鴉《からす》のように嗄《しやが》れた声が掛かった。

汗の滴《したた》る顔を向ければ、廊下のうえに年番方筆頭与力の「山忠」こと山田忠左衛門が仁王《におう》立《だ》ちしている。

「火は消しとめられた。書面を元の棚へ戻せ」

どうやら、火は神田川を越えなかったらしい。

喜ぶべきことだが、拍子《ひょうし》抜《ぬ》けした。一心不乱にやりつづけた作業は徒労に終わったのだ。

全身から力が抜け、その場にしゃがんでしまう。

「はぐれめ、何を休んでおる。おぬしが指揮を執《と》って、早う片付けさせぬか」

山忠に一喝《いっかつ》されて重い腰をあげたものの、ほかの連中はへたりこんだままだ。

誰よりも奮闘した乙次郎などは、赤風呂敷を枕に死んだふりをしている。

「怪《け》しからぬやつめ、それは御定書百箇条だぞ」

誰かが口走ってはならぬ台詞《せりふ》を吐いた。

乙次郎は跳ね起き、赤風呂敷を抱えて蔵の内へ飛びこんでいった。

片付けも終わって御用部屋へ戻ってみると、小机のうえに赤い札《ふだ》が一枚置かれている。

「ん、何だこれは」

炎のなかに猫が一匹蹲《うずくま》った絵だ。

赤猫《あかねこ》の火札《ひふだ》ではあるまいか。

「まさか……」

「……不吉な」

火札とは何者かが「火を付けてやるぞ」と脅《おど》す目的で商家などの表口に貼る札のことで、たいていは猫の絵であらわされるため、火付けを狙う者自身が「赤猫」などと呼ばれている。

理由の多くは雇《やと》い止《ど》めとなった元奉公人の恨《うら》みだが、商売敵《しようばいがたき》を困らせてやるためのものや悪ふざけで貼った例もあった。火札を貼られた商家は客に敬遠されてしまうため、効果はかなりのものとなる。事と次第によっては破滅に追いこまれた。それゆえ、火札を貼った者に情状《じようじよう》酌量《しやくりよう》の余地はない。火を付けた者と同等にみなされ、火炙《ひあぶ》りの極刑に処せられた先例もある。

周囲をみまわしても、火札を置いたとおぼしき者はいない。

部屋頭《へやがしら》の中村角馬が近づいてきたので、又兵衛は火札を拾って袖《そで》に隠した。何故《なにゆえ》にそうしたのか、自分でもよくわからない。誰かの強い意志を感じたせいかもしれなかった。

「平手よ、ご苦労であったな」

中村は暢気《のんき》な顔で告げてくる。

「火は消しとめられたと山忠は言うたそうだが、そもそも、火の手をみた者はおらぬらしいぞ」

「えっ、どういうことにござりましょう」

「火の手があがったというは虚偽《きよぎ》の一報でな、岡っ引きがみつけたのは猫の描かれた火札であった」

「えっ」

「驚いたのか。じつはその火札、佐久間町《さくまちょう》に何軒かある髪結床《かみゆいどこ》の表口に貼られてあったそうだ」

「髪結床ですか」

「妙であろう。佐久間河岸にはうだつの高い商家が軒《のき》を並べておる。金持ちを狙わず、どうして髪結床なんぞを狙ったのか、誰もが首を捻《ひね》っておるわ」

猫の絵が描かれた火札と聞き、どきりとしつつも、火札が髪結床の表口に貼られていたはなしのほうに興味をそそられた。小机に置いてあった火札が本物かどうかは、佐久間町で回収された火札と突きあわせれば判明するであろう。

「まずは、そこからだな」

ひとりごちると、中村が顔を覗《のぞ》きこんできた。

「何か申したか」

「いいえ、別に」

冷静に否定しつつも、背後に誰かの強い視線を感じた。

振りむいてみると、例繰方になってまだ日の浅い若い同心が目を逸《そ》らす。

名はたしか小栗甚六《おぐりじんろく》、みるからに気の弱そうな男だ。

噂《うわさ》では同心株を三百両で買った商人の子であるという。

又兵衛は関心もないので、親の素姓《すじょう》までは把握《はあく》していない。

おぬしか、火札を置いたのは。

胸の裡《うち》で問うてみる。

もちろん、そうとはかぎらない。書面の持ちだし騒ぎで、御用部屋に関わりのない者でも出入りできたはずだ。ただし、狙った相手の小机に火札を置くという芸当は、例繰方の同心以外にはできそうにない。

顔を向けたら目を逸らしたというだけなので、小栗を疑うのは早計かもしれぬ。

それとなく様子を窺《うかが》ってみようと、又兵衛はおもった。

二

髪結床に貼られた火札と小机に置かれた火札の図柄は一致した。

小栗への疑念は深まり、夕刻、又兵衛は帰路の途中で方角を変えた。

日本橋には旅装束《たびしょうぞく》の連中が大勢集まり、千代田の御城や富士山《ふじさん》へ別れを告げている。

江戸に大挙してやってくるので「椋鳥《むくどり》」などと揶揄《やゆ》される出稼ぎの連中が、後ろ髪を引かれながらも故郷の越後や信濃《しなの》へ戻っていくのだろうか。なかには居残って悪事に手を染める者たちもおり、博打《ばくち》などで身を持ちくずして自暴自棄になり、火付けに走る輩《やから》も少なくはない。

日本橋の喧噪《けんそう》から離れ、神田川に沿った土手下の道を歩いていると、地べたの砂が強風に巻きあげられ、眸子《まなこ》を開けているのも難しくなった。

「土くじりか」

春の嵐《あらし》のことを、関八州《かんはっしゅう》ではそんなふうに呼ぶ。

又兵衛は風に飛ばされぬように踏んばり、両手で髷《まげ》を押さえた。

「あの辺りか」

表口に火札が貼られていたのは、神田佐久間町一丁目から三丁目にかけての髪結床である。店は全部で三軒あり、いずれも角地の目につくところに建っていた。河岸に沿った表通りには大店《おおだな》が軒を並べており、やはり、どう考えても髪結床に火札を貼った者の意図がわからない。

わかっているのは、新シ橋《あたらしばし》を挟んで隣り合う神田久右衛門町《かんだきゅうえもんちょう》の一角に『弐番屋《にばんや》』なる刃物屋があることだ。主人は甚左衛門《じんざえもん》、小栗甚六の父親にほかならない。火札騒動のあったさきへ足を運ぶついでに、三百両で同心株を手に入れた父親の顔でも拝《おが》もうとおもったのだ。

店のほうに足を向けると、先客がひとりあった。

年季の入った黒い巻羽織《まきばおり》の同心が、敷居の内からのっそり出てくる。見送りは丁稚《でっち》ひとり、小栗の父親らしき人物はすがたをみせない。わざわざ外まで見送りに出るまでもないと判断されたのだろうか。

同心は鬢《びん》に白いものが交《ま》じっている。

こちらを目敏《めざと》くみつけ、まっすぐ近づいてきた。

「もしや、弐番屋にご用がおありで」

「そのつもりだが、おぬしは」

「南町奉行所風烈廻《ふうれつまわ》りの木梨利兵衛《きなしりへえ》にござる」

名だけは聞いたことがあった。南町奉行所には風を読むことのできる経験豊富な廻り方同心がひとりいるという。

「おぬしが木梨か」

「ご無礼ながら、お名をお教えいただけませぬか」

「例繰方与力の平手又兵衛だ」

「例繰方の平手さま。はて、聞いたことがあるような、ないような。何せ、人にあまり関心が無いもので」

「何に関心があるのだ」

「強《し》いて申せば、あれにござりましょうか」

木梨は眸子《まなこ》を細めて空を見上げ、飛ぶように流れる雲を指差す。

「雲」

「さよう、雲行きにござります。今日は朝から南西の風が緩《ゆる》やかに吹いておりました。されど、ほんの四半刻《しはんとき》（約三十分）ほどまえ、南から嵐のごとき風が吹きはじめました。先月の十七日に品川宿《しながわしゆく》一帯が焼け、翌十八日には小石川伝通院《こいしかわでんづういん》の門前町が二町とも焼けましたな。あのときと同じ風にござります」

すぐに風が止《や》んでくれたおかげで、二件とも大火事にならずに済んだ。町火消《まちびけし》が素早く風下の建物を破壊し、延焼《えんしょう》を阻んでみせたのである。

「品川宿の火付けはたしか、旅籠《はたご》に恨みを抱く無宿者《むしゅくもの》の仕業《しわざ》だったな」

「さすが例繰方、きちんと押さえておられますな」

一方、伝通院門前のほうは、鎮火《ちんか》の直後に怪《あや》しい者ふたりを捕まえたものの、どちらが下手人《げしゅにん》なのかは判明していない。ひとりは煙草《たばこ》の不始末を指摘された駕《か》籠《ご》かき、もうひとりは仕事欲しさに火を付けたと疑われた左官屋《さかんや》である。

「焼けたのは陸尺町《ろくしゃくまち》と白壁町《しらかべちょう》の二町で、捕まったのは裏店《うらだな》に住んでいた駕籠かきと左官屋。ふたりは呂律《ろれつ》がまわらぬほど酔っていたらしいので、捕り方の都合で適当な理由をつけ、縄を打った疑いもございます」

十手仲間への疑念を平然と口にするので、又兵衛は少しばかり驚かされた。

「火事場泥棒もあったようですし、火付けの理由をこれと決めつけるのは難しゅうございます。調べは慎重にすすめねばなりませぬ」

木梨の言うとおり、火付けの理由はじつにさまざまだ。火事場泥棒を狙ったものもたしかに多いし、雇い主にたいする奉公人の不満や商売敵への脅迫、妻を寝取られたことへの腹いせや子どもの火遊びなどもある。厄介《やっかい》なのは「むしゃくしやして」とか「おもしろそうだから」という理由で火を付ける連中もいることだ。

こたびの火札騒動はどうなのか。

風を読む男ならば、核心に迫るこたえを持っているかもしれない。

なかば期待しながら問うてみると、木梨はさらりと応じてみせた。

「こたびの火札騒動、雲行きを読むことに長《た》けた者の仕業かと」

「ほう、何故にそうおもう」

「土くじりは火札の効果を高めます。少なくとも、同じ日に南風が吹くと読んでいた者の仕業かと」

「どっちにしろ、本気で火を付ける気はなさそうだな」

「いかにも」

「されど、何故、髪結床が狙われたのであろうか」

「肝《きも》はそこにござります」

「やはり、おぬしでもわからぬか」

「それが知りたいがゆえに、この辺り一帯の商家を虱潰《しらみつぶ》しに当たっております」

「弐番屋もそうであったか」

「はい。取りたてて怪しいわけではござりませぬ」

皮肉っぽい物言いが引っかかる。

「おぬし、弐番屋の素姓を知っておるのであろう」

「噂は耳にいたしました。物好きにも三百両で同心株を手に入れ、長男を不浄《ふじょう》役人にしてみせたとか……その長男坊、ひょっとして平手さまのご配下では」

「そのようだな」

「なるほど、火事騒ぎのお見舞いも兼ねて足を運ばれたのですか」

「別に、そういうわけでもないがな」

火札のことは隠しておこうと考え、煮えきらぬ返答になってしまう。

木梨は意味ありげに笑い、さっとはなしを切りかえた。

「幕初からこのかた、江戸府内を焼いた火事がどれほどあったかご存じですか」

「軽く一千件は超えていよう」

「仰《おお》せのとおり、一千二百九十件にござります。そのうち大火と呼ばれているものは四十件、大坂の五件にくらべればいかに多いかがわかりましょう」

大坂は商人の町ゆえ、誰もが幼《おさな》い頃より火の恐さを厳しく仕込まれている。一方、江戸はそういうわけにはいかない。全国津々浦々《つつうらうら》から有象無象《うぞうむぞう》が流れこみ、寝食《しんしょく》にさえも事欠く連中が凶行に走る。

「さような危うさを、常のように孕《はら》んでおります」

眸子《まなこ》を怒らせて説《と》く様子から推《お》せば、よほど火事に恨みを抱いているのだろう。

遠い目で語る木梨は我に返り、火札騒動にはなしを戻した。

「無論、火を恐れぬ者はおりませぬ。火札を貼られた店からは客足が遠ざかり、早晩、店をたたまねばならぬ事態に陥《おちい》りましょう」

「そうなれば、神田佐久間町から髪結床が消えることにならぬか」

「なりましょうな。されど、一時のことにございます。翌月になれば、新しい者が髪結床を開くはず」

木梨は背筋を伸ばし、ぺこりと頭をさげた。

「はなしが長《なご》うなりました。お付きあいいただき、かたじけのうございます」

「何の、ためになるはなしを聞かせてもらった」

「それなら、よろしゅうござりました」

木梨は袖口《そでぐち》に手を入れ、小さな麻袋《あさぶくろ》を取りだす。

麻袋に指を入れ、砂粒のようなものを摘《つ》まんで宙に放った。

「それは何かの呪《まじな》いか」

「風向きを確かめる小道具でしてな、じつは唐辛子《とうがらし》を砂粒大に潰した代物《しろもの》で、捕り物の際に使う目潰しを兼ねております」

「目潰しで風向きを……ふふ、おもしろい男だな」

「おや、笑われましたな。笑う門《かど》には福来たる。もうすぐ風は止みましょう」

「信じられぬな」

「初見の方はみな、そう仰《おつしや》ります。されば、拙者はこれにて」

木梨は袖を靡《なび》かせ、土手道をのんびり遠ざかっていく。

あれほど強かった風も弱まり、いつの間にか止んでしまった。

「さすが風読みの達人、言うたとおりになったわ」

弐番屋を訪ねるのも億劫《おつくう》になり、又兵衛は来た道を戻りはじめた。

三

翌夕、数寄屋橋の御門を出ると、又兵衛は帰路の左手ではなく、右手の元数寄《もとすき》屋町《やちよう》へ向かった。

幕初の頃はこの一帯に茶人《ちやじん》として徳川《とくがわ》家に仕《つか》えた織田有楽斎《おだうらくさい》の拝領屋敷《はいりようやしき》があり、そののちは数寄屋坊主《すきやぼうず》の拝領屋敷が置かれたため、数寄屋という町名が付いたらしい。一度火事で焼けて火除地《ひよけち》となり、やがて、町家が濃密に形成されていった。

一町ほど進んだ先の南鍋町《みなみなべちょう》には名の知られた鋳物師《いものし》が住んでいたが、今は煙管屋《きせるや》や組紐問屋《くみひもどんや》などが集まっている。そのさきの滝山町《たきやまちょう》や惣十郎町《そうじゅうろうちょう》には屋根屋と畳屋が多い。人の名が冠《かん》された町は、草分けの名主《なぬし》となった者の名に因《ちな》んでいるという。

さらにそのさき、前田《まえだ》家の縁で名付けられた加賀町《かがちょう》は享保《きょうほう》年間に出火元となり、睦月《むつき》の北西風に煽られた炎は浜御殿の茶亭《ちゃてい》をも焼いた。焼け野原と化した一帯は火除地とされたが、ほどもなく町家が形成されていった。

今や賑《にぎ》わいに溢《あふ》れた数寄屋橋周辺には、裕福そうな商家が軒を連《つら》ねている。

又兵衛は加賀町の一角で足を止めた。

通りの向こうに建つ店の軒先《のきさき》には、車海老《くるまえび》を象《かたど》った看板が吊るされている。

腰高障子《こしだかしょうじ》は開けっ放しで、こちら向きで土間に座った客たちが剃刀《かみそり》で月代《さかやき》を剃《そ》らせていた。剃刀を握った若い中床のひとりが、赤い風呂敷の御定書百箇条を持ちだした乙次郎にほかならない。

「こんど月代でも剃らせてくだせえ」

挨拶《あいさつ》代わりの台詞を真《ま》に受け、訪れてみただけのはなしだった。傍《はた》からみれば、暇《ひま》を託《かこ》った内勤の与力がひょっこり顔をみせたとしか映《うつ》らない。そもそも、与力の屋敷には「日髪日剃《ひがみひぞり》」を無料でやってくれる髪結が通ってくるため、町の髪結床を訪ねる機会はそうない。

どっちにしろ、事情を知らぬ親方や常連客は面倒臭《めんどうくさ》い相手が来たとおもうであろう。

他人の思惑など気にしないので、又兵衛は気軽に敷居をまたいだ。

あっと、みなが驚いた顔を向けてくる。予想どおりの反応であった。奥の部屋で将棋《しょうぎ》を指す客たちも、招かれざる与力の来訪に面食らっているようだ。

「これはこれは、例繰方の平手さま」

乙次郎だけは明るく声を掛けてくれ、剃刀を持ったまま身を寄せてくる。

「わざわざお越しいただくとは、驚き桃の木にござんす」

月代を半分だけ剃られた客は毛受《けうけ》の小板を握り、成りゆきを見守るしかない。

招かれて又兵衛が空いた腰掛け板に座ると、広袖《ひろそで》に下駄履《げたば》きの親方が満面の笑みであらわれた。

「弥助《やすけ》と申しやす。以後、お見知りおきを」

「ふむ」

耳の大きな親方は、五十絡みであろうか。世間の噂を飯の糧《かて》にしてきただけに、愛想《あいそ》笑いにも年季がはいっている。

台箱のうえには、剃刀、櫛《くし》、鬢付《びんつ》け油《あぶら》、元結《もとゆい》などが置いてあった。

弥助は又兵衛の元結を鋏《はさみ》で切り、ひょいと剃刀を拾いあげる。

「ほう、親方みずから剃ってくれるとはな」

「それはもう、あたりめえの炙《あぶ》りにござんす。ところで、今日は何かご用でも」

「ご用というほどのこともないが、火札のことでな」

「神田佐久間町の火札にござんすか。噂には聞いておりやすが、とても他人事《ひとごと》とはおもえやせん」

「火札を貼った者に心当たりはないか」

「ござんせんねえ。でも、どうしてご内勤の平手さまが火札のことをお調べに」

「内勤が調べてはならぬと申すのか」

「いえいえ、うっかり余計な台詞を口走っちまっただけなんで、どうかお気を悪くなされねえように」

剃刀の刃がきらりと光り、柄《え》の刻印《こくいん》が目にはいった。

「弐番屋か」

「ああ、これですかい。半月前から馴染《なじ》みにしている刃物屋の屋号でさあ」

「ひょっとして、神田久右衛門町の」

「よくご存じで。おかしな屋号でやしょう。刃物屋の壱番手《いちばんて》は誰もが知るとおり、日本橋人形町《にんぎょうちょう》のうぶけやにござんす」

赤子の産毛《うぶげ》まで楽に剃れる切れ味のよさから『うぶけや』と号し、剃刀を扱う髪結なら誰でも『うぶけや』の剃刀を使いたくなるのだという。

「どっこい、これがなかなかに値が張るってんで、値段も切れ味もそこそこの刃物屋を探してみると、どんぐりの背くらべ。それなら、潔《いさぎよ》く壱番手をあきらめて弐番を名乗る店にしてみようか。はなしが長くなりやしたが、じつは先方から売りこみがありやしてね、剃刀を一本買ってくれたらおまけに手拭《てぬぐ》いを十本つけるってんで、それならまあ、試しに使ってみようかと」

剃刀を使ってみたら、そこそこの使い心地だったという。

「神田と日本橋を飛びこえて、数寄屋橋の界隈《かいわい》まで手を伸ばしている。商売熱心なのはよろしいんですが、弐番屋の剃刀を使いはじめてからというもの、何やら怪しげな連中が足繁《あししげ》く通ってくるようになりやしてね」

その連中は『弐番屋』から評判を聞いて来たと言い、月代を剃らせて金をきっちり置いていく。それだけならただの客だが、何しろ人相風体《にんそうふうてい》が怪しいうえに素姓も知れず、何を考えているのかよくわからない。廻り方の同心には相談しているのだが、見掛けが怪しいというだけで悪党扱いするわけにもいかず、とどのつまりは放っておくしかなくて困っているのだと、弥助は又兵衛の月代を剃りながら説いた。

そこへ、強面《こわもて》の連中が三人、ふらりとやってくる。

あいつらですよと、弥助が目顔で合図を送ってきた。

三人は又兵衛に気づいたが、元結を切ったざんばら髪のせいか、不浄役人かどうかの区別はつかぬようで、ひとりが図々しくも顔を近づけてきた。

「ご浪人かい、それとも、勤番《きんばん》のお侍《さむれ》えかい」

弥助が応じようとしたところを、又兵衛が止めた。

「浪人なら、どういたす」

「金が欲しいなら雇ってもいい」

「用心棒の口でも紹介してもらえるのか」

「ああ、そうだ。おれたちは顔が利《き》く。奴《やっこ》の口入《くちい》れを生業《なりわい》にしているんでな」

「ふうん。口入屋《くちいれや》がどうして、髪結床へ通ってくるのだ」

「月代をすっきりさせてえからさ。決まってんだろう」

ぞんざいな口の利き方に業《ごう》を煮やしたのは、隣で客の月代を剃る乙次郎だった。

「あんたら、そちらのお方がどなたかわかってんのか。南町奉行所のお偉い与力さまだぞ」

「えっ」

一瞬たじろぎつつも、強面連中は掌《てのひら》を返したような態度になる。

「こいつはご無礼いたしやした。まさか、与力さまが髪結床にいらっしゃるとはおもいもよりやせんで」

三人は背中をみせ、逃げるように去ってしまう。

「乙次郎、塩でも撒《ま》いとけ」

弥助に命じられ、乙次郎が外へ飛びだしていった。

「これをかぎりに、妙な連中が寄りつかなくなりゃいいんですけど」

「それにしても、口入屋の手先が何の用かな」

「皆目《かいもく》見当もつきやせん」

刃物屋との繋《つな》がりもはっきりしているわけではない。

「ところで親方、弐番屋が同心株を買ったはなしは存じておろうな」

「それはもう。口から出かかっておりやした。惣領《そうりょう》の甚六が不浄役人になったと、小莫迦《こばか》にするお客もおられやしてね」

「その甚六、じつはわしと同じ御用部屋におってな」

「げっ、そこまでは知りやせんでした。なるほど、平手さまのご配下に……」

「何か言いたそうだな」

「……ご本人のことは存じあげやせんけど、ここだけのはなし、真っ正直すぎて融通《ゆうずう》が利かねえ御仁《ごじん》だとか」

「ふうん、そうなのか」

「算盤《そろばん》を弾《はじ》かねえし、客ともまともにはなしができねえ。部屋に籠《こ》もって、本ばかり読んでいる。商売人には向いてねえからと、弐番屋の旦那は最初から養子に出す腹積もりでいたらしいですよ」

弥助の耳にした噂によれば、弐番屋の身代《しんだい》はずいぶんまえから次男が継《つ》ぐことに決まっているらしい。長男は町奉行所の役人にすれば何かと商売に都合がよかろうと、伝手《つて》をたどって同心株を手に入れることにした。どうやら、それが経緯のようだ。

真っ正直すぎて融通が利かぬ男であればこそ、小机に猫の火札を置いたのではあるまいか。それにしても、何故、自分が選ばれたのかは判然としない。ひょっとしたら、はぐれ者同士、同じ匂いを感じたからか。

さまざまに推測しながら月代を剃られていると、あまりに気持ちよく、又兵衛はいつの間にか浅い眠りに落ちていた。

四

庭の紅梅《こうばい》は咲きほころんだが、朝から冷たい雨が降っている。

八日は事始《ことはじ》め、妻の静香が朝餉《あさげ》に芋《いも》や牛蒡《ごぼう》や人参《にんじん》をごった煮にした六質汁《むしつじる》をこしらえてくれた。

腹は満ちても、気持ちのほうは上向かない。

理由はおそらく、小栗甚六のすがたをみていないからだ。

「今日で三日目。風邪《かぜ》をこじらせたと聞いたが、ちと心配でな」

御用部屋で書面を作っていると、部屋頭の中村が身を寄せてくる。

「あやつは商家の出ゆえ、同心連中から村八分《むらはちぶ》にされておるのだ。おぬし、気づかなんだか」

「ええ、いっこうに」

「あいかわらず、冷たいやつだな。同心たちへの目配りができぬようでは、部屋頭はつとまらぬぞ」

「部屋頭になる気はありませんから」

「まあ、人をまとめる役目など、おぬしには到底《とうてい》無理であろうがな」

まんがいちのことがあれば、自分が責を負わされるかもしれないと、中村はおもっているのだろう。少なくとも、親切心から小栗の身を案じているのではあるまい。

夕刻までに煩雑《はんざつ》な書面作りを終わらせ、又兵衛は南町奉行所をあとにした。

三十間堀沿いに進んで京橋川を越え、楓川に架かる弾正橋でも松幡橋《まつはたばし》でもなく、南から数えて三本目の越中橋《えっちゅうばし》を渡る。松平越中守《まつだいらえっちゅうのかみ》の上屋敷をぐるりと巡って裏手の七軒堀《しちけんぼり》へ向かい、途中に架かる地蔵橋《じぞうばし》を渡れば同心たちの組屋敷がみえてきた。

「この辺りか」

訪ねるさきは、小栗の屋敷である。

与力が同心の屋敷を訪ねることは、まずあり得ない。訪ねただけでも一大事におもわれかねないため、ほかの連中から見咎《みとが》められぬように手拭いで頬被《ほっかむ》りをした。

「かえって怪しいな」

自嘲《じちよう》しながら、片開きの木戸を開けて踏みこむ。

手入れのされていない庭を通り、表口まで進んだ。

「小栗はおるか」

板戸を敲《たた》いても返事がないので、戸に手を掛ける。

心張《しんば》り棒《ぼう》は外されており、板戸はすっと開いた。

「不用心だな。小栗はおるか」

もう一度呼びかけると、奥のほうでがさごそと物音がする。

「そこにおるのか。わしだ、平手又兵衛だ」

「えっ」

驚いたような声につづいて、うらぶれたすがたの小栗があらわれた。

「……ひ、平手さま」

「おぬしが生きているかどうか、確かめにまいった」

「……も、申し訳ありませぬ」

「謝らずともよい。顔色は悪いし、眸子《まなこ》も落ち窪《くぼ》んでおるぞ。その様子では飯もろくに食べておらぬのであろう。賄《まかな》いはおらぬのか」

「おりませぬ」

「ひょっとして、誰も雇っておらぬのか」

「はい」

独り身であることは、表口をみてすぐにわかった。

今日は針供養《はりくよう》の日、所帯を持つ家ならばかならず古い針の刺された豆腐《とうふ》が置いてあるからだ。

「むさ苦しいところですが、おあがりください」

「いや、いい。おぬしに聞きたいことがあってな」

「何でしょう」

「これさ」

又兵衛は袖口をまさぐり、猫の絵が描かれた火札を取りだす。

「わしの小机に置いたのは、おぬしではないのか」

小栗はごくりと唾《つば》を呑《の》みこみ、眸子を宙に泳がせた。

「それがしではありませぬ」

意外なこたえが返ってくる。

どうやら、のっぴきならない事情がありそうだ。無理強《むりじ》いはせぬほうがよいので、又兵衛は黙ってうなずいた。

「さようか、おぬしではないのか。まあ、人は忘れっぽい生き物ゆえな、おもいだしたら、いつでも気楽に声を掛けてくれ。火札を手に入れた経緯がわかれば、調べも格段にすすむであろうからな」

「平手さまは、火札のことをお調べなのですか」

小栗は飢《う》えた獣《けもの》のように食いついてくる。

又兵衛は余裕の笑みを浮かべた。

「調べは廻り方や吟味方の役目だ。本来、例繰方が出る幕ではない。されど、みずから調べねばならぬときもある」

「……そ、それは、どのようなときにござりましょう」

「知りたいか」

「はい」

「たとえば、調べが杜撰《ずさん》すぎて、ほかの連中に任せられぬときなどは、重い腰をあげねばならぬ。そうせねば、肝心の書面が作れぬからな」

「書面にござりますか」

「ああ、そうだ。御奉行も目を通される大事な書面だぞ。わしは手柄もいらぬし、出世なんぞはこれっぽっちも望んでおらぬ。上から褒《ほ》められたいともおもわぬし、下から敬《うやま》われようともおもわぬ。満足のいく書面を作ること、唯一それだけがわしの望みでな。髪結床を狙った火札の一件は、妙なことに誰ひとり深く調べようとせぬ。このままでは満足のいく書面が作れぬゆえ、嫌々ながらも乗りだしたというわけさ」

小栗は黙って唇《くちびる》を嚙《か》みしめた。

やはり、迷いを吹っ切れずにいるのだろう。

「火札騒ぎの探索、手伝ってみる気はないか」

優しく誘いかけてやると、小栗は下を向いた。

「……そ、それがしにどうせよと」

「どうしたいかは、おのれで決めよ。ただし、中途半端なまねだけはするな。たとい、おぬしの調べや訴えで傷つく者がおったとしても、正義を貫《つらぬ》きとおすのが幕臣の本分と心得よ」

「……ば、幕臣の本分にござりますか」

「そうだ。出自《しゅつじ》がどうあれ、公儀の禄《ろく》を食《は》んでおる以上、おぬしは歴《れっき》とした幕臣にほかならぬ。腰の大小は飾りではないぞ。いざというときは、死を賭《と》してでも意志を貫く覚悟を持たねばならぬ……などと、偉そうなことを言う気もないのだがな。まあ、おぬしも不浄役人の端くれなら、きっちり腹を決めてみせろ」

又兵衛はめずらしく長口上《ながこうじよう》を連《つら》ね、千両役者のように見得を切る。

「ともあれ、待っておるから御用部屋へ戻ってこい」

照れ隠しなのか、わざと突きはなすように言い、くるっと踵《きびす》を返した。

颯爽《さつそう》と表口から外へ飛びだし、両袖を靡《なび》かせながら木戸門へ向かう。

途中で呼びとめられるのを期待したが、声は掛からなかった。

聞こえたのは、小さな溜息《ためいき》だけだ。

やはり、心の底から迷っているのだろう。

御用部屋でまともに会話を交《か》わしたこともない与力に、はたして、下駄を預けてもよいのかどうか。

たしかに、自分が小栗の立場でも死ぬほど悩むにちがいないと、又兵衛はおもった。

五

小栗甚六は翌日も出仕してこなかった。

期待していただけに、残念で仕方ない。

午後、日本橋の人形町で火の手があがった。

火元となったのは煙管屋で、近所には刃物屋の『うぶけや』や軍鶏《しゃも》料理の『玉《たま》ひで』などの有名店が並んでいたが、数軒焼けただけで火は消しとめられ、死人や怪我人《けがにん》も出なかった。

偶《たま》さか無風に近かったため、大惨事を免《まぬが》れたらしい。

「火付けらしいぞ」

ほどなくして、雇い止めになった煙管屋の奉公人が縄を打たれた。

信濃から「椋鳥」として江戸へ出稼ぎにきて、十年近くも懸命に働き、末は暖《の》簾分《れんわ》けしてやるとまで約束されていた。その約束を信じて真面目一筋に奉公してきたつもりであったが、ぽいと芥《ごみ》のように捨てられた。おのれの不運を呪《のろ》って逆《さか》恨《うら》みで火付けに走ったのだと聞けば、切ない気持ちにさせられる。

火事が収まった直後、南から強い風が吹きはじめた。

「土くじりか」

不吉な予感は的中し、今度は数寄屋橋の加賀町で騒ぎが起こった。

だが、そちらは本物の火事ではなく、先だってと同じ火札騒ぎである。

表口に猫の火札を貼られたのが弥助の髪結床だと知って、又兵衛は放っておけなくなり、裾《すそ》をからげて加賀町へ向かった。

たどりついてみると、憔悴《しょうすい》しきった弥助を乙次郎が必死に慰《なぐさ》めている。

声を掛けるのも忍びなく、又兵衛は後退《あとずさ》りするように表口から離れていった。

視線を感じたのでそちらに目をやると、野次馬《やじうま》のなかにへらついた顔がある。

用心棒にならぬかと誘ってきた口入屋の手先どもだった。

火札を貼ったのは、おぬしらか。

胸の裡《うち》で叫んだが、何ひとつ証《あか》しはない。

それでも、身を乗りだしかけたところへ、つんと後ろから袖を引く者があった。

振りむけば、年輩の同心が笑いかけてくる。

風烈廻りの木梨利兵衛であった。

「またお会いしましたな。どうやら、平手さまとはご縁があるようで。弥助の店をご存じでしたか」

「火事騒ぎの際、中床の乙次郎がまっさきに蔵へ駆けこんできたのだ」

「それで見過ごしておけなくなったと。野次馬のなかに紛《まぎ》れた破落戸《ごろつき》どもとも面識がおありのようでしたな」

「先だって、弥助に月代を剃らせておったら、あやつらがあらわれた。わしを浪人とみまちがえたようでな、用心棒にならぬかと誘ってきおったのだ」

「霞屋八十吉《かすみややそきち》の手下なら、その程度の軽口は平気で叩きましょう」

「あやつらの親玉は、霞屋八十吉と申すのか」

「ええ、下谷《したや》の三味線堀《しゃみせんぼり》に店を構えておりましてね、八十吉は誰もがみとめる悪党ですよ」

気性の荒い連中を束《たば》ねており、渡《わた》り中間《ちゅうげん》を探している大名家や大身《たいしん》旗本の屋敷へ要請があれば送りこむ。ただ送りこむだけでなく、金さえ積めば汚れ仕事でも何でも請けおうという。

「的《まと》に掛けた相手を脅して金を巻きあげたり、金がなければ女房や娘を女郎屋に売りはらったり、立ち退《の》きを頼まれれば貧乏人の住む裏長屋を跡形もなく破壊したり、火付けと殺し以外ならたいていの悪事はやってのける……」

にもかかわらず、関われば面倒な大名や旗本が後ろ盾《うしろだて》についているので、町奉行所の廻り方はみてみぬふりをするしかない。

「……証しはございませぬが、霞屋の連中が火札を貼ったとしても驚きはありませぬ。袖《そで》の下《した》を貰《もら》っている同心も十指に余るほどおりましてな、藪《やぶ》を突っつけば何が出てくるかもわからぬというわけでして」

火札の件も霞屋が怪しいと踏んでいながら、誰もが深入りを避けているようだった。

「深入りできるとすれば、しがらみのないお方しかおられぬでしょうな」

煽るような台詞を残し、木梨は何処《どこ》かへ行ってしまう。

一匹狼《いっぴきおおかみ》で飄々《ひょうひょう》とした風情《ふぜい》、不思議な男だなとおもった。

遠慮なのか、それとも警戒しているのか、あくまでも本音は隠したままだが、助っ人を求められているような気もする。

それにしても、いったい火札を貼ることに何の意味があるのか。

かりに、阿漕《あこぎ》な口入屋が関わっているとすれば、金儲《かねもう》けに繋がる裏のからくりがあるはずだ。ただし、筋書きがみえぬ今の情況で霞屋を訪ねても、適当にはぐらかされるだけのはなしだろう。

又兵衛は町奉行所の蔵へ舞いもどり、十年ほどまえまで遡《さかのぼ》って火札の関わった類例《るいれい》を調べてみようとおもった。そして、夜更《よふ》けまで例類集《れいるいしゅう》を読みあさってみみたものの、これといった端緒《たんしょ》は得られなかった。赤い目で屋敷へ戻り、ほとんど寝ずに出仕し、翌日も夕刻まで蔵に閉じこもった。

やはり、調べは徒労に終わり、虚《むな》しい気持ちで正門を出ると、斜向《はすむ》かいの水茶《みずぢゃ》屋《や》から声を掛けてくる者がいる。

「鷭《ばん》の旦那、味噌蒟蒻《みそこんにゃく》でもいかがです」

小者の甚太郎《じんたろう》だった。

訴人《そにん》の待合にも使われる葦簀《よしず》張《ば》りの水茶屋から、獅子《しし》っ鼻《ぱな》の目立つ丸顔を差しだしている。

小者のなかで甚太郎だけは、又兵衛のほんとうの強さを知っていた。偶さか、町中で破落戸どもに鉄槌《てっつい》を下しているのを目にしたのだ。月代を怒りで赤く染めたすがたが、水辺を泳ぐ鷭に似ていた。それ以来、自分だけの特権のように「鷭の旦那」と呼ぶのである。

そそっかしくて気が短く、情に脆《もろ》いが喧嘩《けんか》っ早い。江戸の町には欠かせぬ見栄っ張りのお調子者は、年明けに下女奉公のおちよと祝言《しゅうげん》をあげた。縞木綿《しまもめん》の着流しに小倉《こくら》の角帯《かくおび》を締めた恰好《かっこう》がいつになく堂々としてみえるのも、一家の大黒柱としての覚悟を決めたせいかもしれない。

そんなふうに感心しつつ、又兵衛は水茶屋に足を向けた。

すると、丸盆に味噌蒟蒻と茶を載せたおちよが奥から顔を出す。

「鶚の旦那、今日も一日ご苦労さまにございました」

甚太郎が付けた綽名《あだな》で又兵衛を呼び、若女房を気取って殊勝《しゅしょう》な台詞を口走る。

おもわず微笑《ほほえ》んでしまったが、甘辛《あまから》い味噌だれのかかった蒟蒻はあいかわらず美味《うま》かった。

「ところで、小栗甚六さまはどうしちまったんでしょうかね」

甚太郎が藪から棒に小栗のことを話題にしたので、又兵衛は首を捻《ひね》った。

「おぬし、小栗のことを知っておるのか」

「名前に同じ甚のつく旦那のことが気になって仕方ありやせん。じつは、うちの味噌蒟蒻がお好みなんですよ」

「ほう、そうなのか」

味噌蒟蒻を食べに立ち寄ったことも何度かあるらしい。

「例繰方だと仰るんで、旦那のことを褒めちぎったんです。鶚の旦那は一匹狼のはぐれ者、はぐれ又兵衛なんぞと上からも下からも莫迦にされ、見た目もぱっとしねえが、ほんとうは誰よりも情に厚いお方なんだって説《と》いたら、身を乗りだすようにされやしてね。悩み事があったら遠慮せずに相談したほうがいいって、言ってさしあげたんですよ」

「小栗はどうしておった」

「何度もうなずいておりやしたけど、やっぱり、ご実家のことでそうとうに悩んでおられるにちげえねえ」

「実家とは弐番屋のことか」

「ええ、そうです。じつは妾腹《めかけばら》だそうで、父親から可愛がってもらったおぼえは一度もねえとか」

「あやつ、そんなことまで喋《しゃべ》ったのか」

「茶の代わりに酒でも呑んだみてえに、べそを掻《か》きながら喋ってくれたんですよ。おちよなんぞは同情の涙を流しちまったほどで。ええ、だから、風邪をこじらせたって聞いたときは、実家で何かあったなと合点《がてん》しちまったんでさあ」

「なるほどな。そこまで深くは知らなんだ。甚太郎、恩に着るぞ」

茶碗を置いて立ちあがりかけると、甚太郎はふいに話題を変えた。

「そういえば、火札を貼られた加賀町の髪結床、店をたたむことにしたみてえですよ」

「えっ、そうなのか」

「いくら何でも決めるのが早《はえ》えってんで、ちょいと知りあいに聞いてみたところ、妙な噂が流れているそうで。へへ、でも、旦那にゃ関わりのねえはなしでやしょう」

「関わりはないが、ついでだから聞いておこう」

平然とした顔を装《よそお》い、又兵衛は耳をそばだてた。

甚太郎は身を寄せ、声を一段と低くする。

「あそこの親方、胡散臭《うさんくせ》えやつらから、百両もの立ち退き料を持ちかけられていたとかで。火札を貼られたのを潮《しお》に店をたたむってのも、立ち退き料を貰ったせいかもしれねえ。そんな噂がまことしやかに囁《ささや》かれておりやしてね。しかも、立ち退きにゃ刃物屋が絡んでいるってはなしなんで」

「刃物屋」

「まさかとはおもいやすが、そいつは小栗さまのご実家かもしれねえ。何せ、弥助のところは弐番屋の剃刀を使っていたとかで。ついでに言えば、先だって火札を貼られた神田佐久間町の髪結床も、弐番屋の剃刀を使っていたと聞きやした」

三度の飯よりも噂の好きな甚太郎の口から、聞き捨てならぬはなしがつぎつぎに飛びだしてくる。

又兵衛は居ても立ってもいられなくなり、そそくさと水茶屋をあとにした。

六

火札を貼られた神田佐久間町の髪結床を調べると、三軒のうちの二軒までが店をたたんで立ち退いたあとだった。残り一軒は町内でも古顔の初五郎《はつごろう》という親爺《おやじ》の店で、訪ねてはなしを聞こうとしたが、肝心なところははぐらかされた。

南町奉行所の内勤与力と聞き、警戒したのであろう。

ただ、ほかの二軒が立ち退き料を貰っていたらしいことと、初五郎も何者かに立ち退きを打診されていることはわかった。肝心なのはその相手だが、初五郎は「何処にでもいる破落戸《ごろつき》ども」とだけしか教えてくれない。

おそらく、報復を恐れているのだろう。まんがいちのとき、不浄役人が助けてくれるとはおもっていない。ましてや、内勤の与力が親身になってくれるはずがないと、最初からおもいこんでいるようだった。

火札を貼られて以来、客は一日に数人しか訪れず、諫鼓鶏《かんこどり》が鳴いているという。又兵衛は帰り際、ふと、台箱に置かれていた剃刀に目をやった。柄には弐番屋の屋号が刻印されている。

「考えてみりゃ、そいつを仕入れてから妙な雲行きになった」

初五郎は溜息を吐《つ》き、弐番屋甚左衛門が初めて挨拶にきた日のことを語りはじめた。

さほどむかしではない。弐番屋が隣の久右衛門町に店を構えたのは、三年前の春先であったという。

「土くじりが吹いておりやした。乱れた髷を結《ゆ》い直してほしいと仰《おつしや》って」

髪を結いながら世間話に花を咲かせたが、そのとき、甚左衛門は髪結として世間の信用を得るまでにどれほどの年月が必要かを尋ねてきたという。

「一代じゃ無理だって言ったんです。あっしだって、爺さまの代から店を構えている。三代目が五十を過ぎて、ようやく世間さまからみとめられ、御奉行所からも御墨付《おすみつ》きを貰うことができる」

そう言ってやったら、甚左衛門はしきりに感心しながら「自分もそれだけの信用が欲しいものだ」と溜息を吐いた。そして、冗談半分に妙なことを言ったらしい。

「髪結床はたいてい町角の一等地に建っている。一等地になくとも客は髷を整えねばならぬから集まってくるだろうに、どうしてそこになければならぬのか。首をかしげるので、あっしはこたえてやりましたよ。町に住む者なら誰でも、二十四文の手間賃を払うだけで気兼ねなく集まってこられる。儲けなんぞは二の次、髪結床は町の顔だから、一等地にあるんだって、あっしは胸を張ったんだ」

甚左衛門は何度か通ってくれ、気心が通じあったところで刃物の売り込みをされた。初五郎は『うぶけや』の剃刀を使っていたが、甚左衛門の熱意に絆《ほだ》され、弐番屋の屋号が刻印された剃刀を使うようになり、立ち退きを決めたほかの二軒にもそっちを使うようにすすめたという。

又兵衛は礼を述べて店を離れたあと、冷静に考えを巡らせた。

火札は恨みや悪戯《いたずら》で貼られたのではなく、何者かが町の一等地から髪結床を立ち退かせるためにやったことではなかろうか。

もちろん、何ひとつ根拠はなかった。弐番屋が何処まで関わっているのかもわからぬし、悪事のからくりを解きあかすまでにはいたっていない。だが、いずれにしろ、火札という陰湿な手法をおもいついた悪党を野放しにしておくわけににはいかぬ。

やはり、鍵を握るのは小栗甚六か。

妾腹《めかけばら》ゆえに父親の情が薄く、体《てい》よく町奉行所の同心の家へ養子に出された。だからといって、育ててもらった恩義は消えぬし、三百両も払って同心株を買ってもらったことへの申し訳なさもあろう。たとい、父親と火札との関わりを知っていたとしても、自分から訴えでるのは難しいはずだ。

そうした心情も見越したうえで、父親は息子を町奉行所に送りこんだのかもしれぬ。おまえはただ、黙ってそこに座っているだけでいい。まんがいちのときに役に立てば、三百両は安いものと判断したのだ。喩《たと》えてみれば、小栗甚六は人身《ひとみ》御供《ごくう》のようなものかもしれなかった。

又兵衛はいつの間にか、加賀町の一角に立っている。

周囲の目もあるので、小栗の様子を窺うのは陽が落ちてからのほうがよかろう。日没までに寄り道をしようとおもったら、弥助の店に来ていたのだ。

店の板戸は閉めきられたままで、人の気配も感じられなかった。

町角の一等地が閑散《かんさん》としている光景は、悲しい以外の何ものでもない。

ふらりと、店先に人影があらわれた。

「あっ、乙次郎ではないか」

又兵衛の声は届かない。

乙次郎は何故《なぜ》か、右手に提灯《ちようちん》をぶらさげている。

「暗くもないのに提灯か」

不吉な予感が脳裏《のうり》を過《よ》ぎった。

考えるよりさきに、又兵衛は駆けだしている。

乙次郎はおぼつかぬ足取りで、店の表口へ近づいた。

「おい、待て」

叫びかけると、ようやく乙次郎は振りむいた。

顔面は蒼白《そうはく》で、墓場から脱《ぬ》けだしてきた亡者《もうじゃ》のようだ。

「……ひ、平手さま」

「そうだ、わしだ。そこで何をしておる」

「えっ」

乙次郎は我に返り、その場に蹲《うずくま》った。

又兵衛は素早く近づき、提灯を奪いとる。

「……ひ、平手さま、あっしはとんでもねえことを……」

「みなまで言うな」

「……いいえ、言わせてくだせえ。あっしは十三のときから十二年も、弥助親方のところで修業を重ねてめえりやした。五年前に所帯を持ち、女房と小せえがきが三人もおりやす。雨漏りする裏店で暮らしながら、女房子どもを食わしていかなくちゃならねえんです。でも、いってえどうやって稼げばいいのやら……親方は勘弁してくれの一点張りで、あっしの手に端金《はしたがね》を握らせ、何処かにとんずらしちめえやがった。くそったれめ、さんざん偉そうなこと言いやがって、とどのつまりがこのざま……だ、だから、あっしは……み、店に火を付けて、一家心中でもするっきゃねえとおもったんだ」

乙次郎は声を震わせ、提灯の炎を睨《にら》みつける。

又兵衛は哀れな髪結の肩をきつく摑《つか》んだ。

「莫迦《ばか》たれ。自分を見失ってはならぬぞ」

「……ひ、平手さま」

「火付けの罪人は極刑だ。やろうとしただけでも罰せられる。されど、わしの耳におぬしのことばは聞こえなかった。遺《のこ》された女房子どものことをおもえ。生きてさえおれば、どうにかなる。二十五やそこらで一生を棒に振るな。石に囓《かじ》りついでも生きぬいてみろ」

「……は、はい」

夜逃げも同然に消えた弥助の事情を尋ねるのは酷すぎる。

又兵衛は乙次郎の手に一分金《いちぶきん》を握らせ、その場から足早に遠ざかった。

七

小粒を握らせたところで焼け石に水、そんなことはわかっている。

自力で立ちなおろうとせぬかぎり、同じことを繰りかえす危うさはあった。

それでも、又兵衛は信じたい。まっさきに町奉行所の蔵へ駆けこんできた乙次郎の心意気を信じてやりたかった。

暗くなってから八丁堀の地蔵橋を渡り、頬被《ほっかむ》りの恰好で同心の組屋敷を訪ねてみた。

板戸は開いていたが、小栗はいない。

がっかりして木戸門から出ると、着流しの老侍が通りかかった。

「おや、平手さまではござらぬか」

風烈廻りの木梨利兵衛である。

近所に住んでいるのだろうか。

肩に釣り竿《ざお》を担《かつ》いでいるので、夜釣りにでも出掛けるのだろう。

「いかがです、ごいっしょに」

「迷惑ではないのか」

「いっこうに。さあ、鮒《ふな》でも釣りにまいりましょう」

鮒なら川か池だなとおもい、丸まった背中に従《つ》いていく。

木梨は鎧《よろい》の渡《わた》しで小舟を仕立て、大川へ向かうかとおもいきや、魚河岸のある西堀留川《にしほりどめがわ》へ舳先《へさき》を入れさせ、どんつきの堀留町《ほりどめちょう》から陸《おか》へあがった。

「これほど近いなら、歩いてもよかったろうに」

「水があれば小舟を使う。それが夜釣りと申すもの」

格言じみた台詞を口走り、小伝馬町《こでんまちょう》の牢屋敷脇《ろうやしきわき》から神田堀《かんだぼり》を越え、豊島町《としまちょう》を横切って神田川に架かる新シ橋を渡る。渡ったさきの左手が神田佐久間町、右手が神田久右衛門町であった。

そのまま、新シ橋通りをまっすぐ進めば、大名や大身旗本の御屋敷に囲まれた大きな池がみえてくる。

「三味線堀か」

「いかにも」

轉軫橋《てんじんばし》の手前から土手下に降り、適当な水辺を選んで立ったまま糸を垂れた。

空には楕円《だえん》の月があり、灯《あか》りがなくとも水面《みなも》の様子はわかる。

「水が温《ぬる》んでまいりましたからな。子を孕《はら》んだ雌鮒《めぶな》が浅瀬に泳ぎだしておりましょう」

「風だけではなく、鮒の気持ちもわかるのか」

「齢《とし》を重ねると、さまざまなことがわかるようになります。鮒だけではありませぬぞ。人の気持ちもわかるようになる」

そう言って、木梨は顎《あご》をしゃくった。

同じ水辺の半町(約五十五メートル)ほどさきに、侍らしき釣り人のすがたがみえる。

「遠くてわかりますまい。平手さまがお捜しの小栗甚六にござりますよ」

「げっ、まことか」

「ええ、一度誘ってやったら癖になったようで、夜ごと通っております。されど、釣果《ちょうか》はなし。釣りに集中できぬからにござりましょう」

「おぬし、小栗を見張っておったのか」

「まあ、そういうことになりましょうか。理由はたぶん、平手さまと同じかと。火札の一件を探っていたら、小栗甚六に行きついたのでござる」

「あやつ、わしの小机にかようなものを置いた。自分が置いたと悟《さと》られぬようにな」

袖口から猫の描かれた火札を取りだす。

木梨は火札を眺《なが》め、うなずいてみせた。

「なるほど、これのせいで探る気になられたのですか」

「わからぬことがあると、放っておけぬ性分でな」

「それがしも同じにござる」

「で、おぬしは何処まで調べておるのだ」

木梨はびゅんと竿を振り、月影を映す水面をみつめて喋りはじめた。

「ちょうど一年前、両国の米沢町《よねざわちよう》で小火《ぼや》がありましてな、火元は町角の一等地にある髪結床でござりました。原因は火付け、いまだに下手人は捕まっておりませぬが、えらく落ちこんだ髪結床の親爺は店をたたんでしまい、今は小間物屋に変わっております」

「その髪結床で使われていたのが、弐番屋の剃刀だったのか」

「ええ、仰せのとおり。商売の繋がりがあったからか、弐番屋は立ち退きを決めた髪結床の親爺から貴重なものを手に入れておりました。何かおわかりで」

土地の沽券状《こけんじょう》であろうか。いや、そうではなかろう。髪結床の親爺が土地を所有しているとはかぎらない。むしろ、裕福な商人や大工の親方などが所有し、安定した稼ぎの見込める店に貸している場合が多かった。

「教えてくれ、何を手に入れたのだ」

「床屋株《とこやかぶ》にござります」

あっとおもった。

弐番屋は立ち退きでまとまった金が欲しい親方の弱味につけこみ、相場よりも安い三百両で鑑札《かんさつ》付きの床屋株を買っていた。しかも、その床屋株を横山町《よこやまちょう》の内床に貸しだし、年に一割五分の利益を得ているという。

「床屋株は府内で一千株と定められております。町々に根付いた内床が多いので、手に入れるのは難しい。日本橋や神田の一等地ならば、八百両で売買されている株もあるほどだとか」

髪結は日銭《ひぜに》商売なので、株を借りてでも商売をしたい者はいくらでもいる。そうした連中に株を貸して毎月一定の利益を得るやり方は、高利貸しと同じようなものだと、木梨は怒りを滲《にじ》ませる。

「両国で味を占《し》めた弐番屋が、神田佐久間町や数寄屋橋の加賀町で同じことをやろうとしておるのかもしれませぬ」

ただし、何ひとつ証しはない。立ち退きに関わっているのが霞屋であるところまでは見当がつくものの、霞屋はあくまでも雇われて汚れ役をやっているにすぎない。後ろに隠れているであろう弐番屋甚左衛門は慎重な男で、なかなか尻尾《しっぽ》を出さぬという。

「それで、甚六を見張っておったのか」

「養子に出された息子は、父親の関わった悪事を知っている。そんな気がしたもので」

「見立てはいっしょだな。それにしても、床屋株が狙いだとはおもいもよらなかった」

「神田佐久間町の床屋株ならば、五百両は下りますまい」

「二軒で一千両、三軒なら一千五百両、それだけ払ってでも手に入れる価値があるということか」

「弥助のやっていた加賀町の髪結床ならば、五百両以上の値がつきましょう。阿漕な商人ならば、どのような手を使っても手に入れたいとおもうはず」

「火札を貼ってでも手に入れたいとおもうかもな」

「されど、いかに悪党とは申せ、一介の商人がそこまで危ない橋を渡りましょうか」

「と、言うと」

一瞬の溜《た》めをつくり、木梨はことばを選ぶように応じた。

「弐番屋は誰かに尻を掻かれていると、それがしは踏んでおります。そやつの正体がわかれば苦労はせぬのですが……ひょっとしたら、小栗甚六も闇に隠れた黒幕を捜しておるのかも」

三味線堀のそばには、霞屋八十吉の店があった。

弐番屋のある神田久右衛門町は目と鼻のさきである。

池の周囲には出羽国《でわのくに》久保田《くぼた》藩二十万六千石を領する佐竹《さたけ》家の御上屋敷もあれば、五千石を超える大身旗本の御屋敷も軒を並べていた。霞屋は三味線堀周辺の武家を得意先に持ち、渡り中間を送りこんでいるにちがいない。弐番屋がともに出入りしている御屋敷があれば、その御屋敷の主人が黒幕である公算は大きかった。

「黒幕が御大名や御大身《ごたいしん》の御旗本だとしたら、それがしのごとき木っ端《こっぱ》役人の出る幕ではござらぬ。されど、火札の一件だけはどうしても解決したい」

木梨は気骨《きこつ》をみせ、勢いよく竿を振った。

糸を斜めに動かし、狙った浅瀬で動きを止める。

浮子《うき》はぴくりともしない。

「この一件を終わらせたら、隠居しようとおもっております」

「おいおい、まだ隠居する年でもあるまい」

「こうみえても、還暦《かんれき》を超えております。子もおらず、長年連れ添った女房を暮れに貰《もら》い火《び》で亡くしましてな」

「貰い火」

女房は商家の娘で、実家に戻っているときに巻きこまれたらしかった。さほど大きな火事ではなかったが、老《お》いた両親を助けようとして運悪く煙に巻かれたのだという。

なるほど、それで火事に恨みがあるのかと合点した。

「女房を亡くしてからは、どうにも気力がつづきませぬ」

老練で骨のある廻り方はそういない。木梨のような男は、江戸の町にとってなくてはならぬ人物におもわれた。隠居してほしくはないが、まずは火札の一件を解決するのが先決だろう。

　木梨は不敵な笑みを漏らす。

「今のままでは埒《らち》があきませぬ。こちらからひとつ、仕掛けてみますか」

　浮子がぐんと沈み、竿が撓《たわ》んだ。

　又兵衛は身を乗りだす。

「食ったぞ」

「そのようで」

　木梨は両足を踏んばり、撓《しな》る竿を左右に振りはじめる。

　そして、格闘の末に、子を孕んだ大きな雌鮒を釣りあげた。

「平手さま、やりましたぞ」

「おお、こいつは見事な鮒だ」

　たもで掬《すく》った鮒を褒め、ふと、水辺の向こうに目をやった。

　小栗甚六の影は何処かに消え、暗澹《あんたん》とした闇だけがそこにあった。

八

三日後、神田佐久間町にあった二軒の髪結床について、両方の床屋株を手に入れた商人が判明した。

木梨利兵衛の見立てどおり、弐番屋甚左衛門である。

町角の一等地とは申せ、火札を貼られた店に通う客は少ない。ただし、店が変わればまた賑わいも復活しよう。早々の立ち退きを期待した町人たちにしてみれば、安くもない値で床屋株を買ってくれた弐番屋は救いの神にみえたはずだ。

弐番屋がほかの土地で誰かに髪結床をやらせ、使用料を得ることで高利貸し並みに稼いだとしても、不審を抱く者はおるまい。ましてや、弐番屋と火札の関わりを勘ぐる者など、又兵衛と木梨とおそらくは小栗甚六を除けば、町奉行所の役人にはひとりもいなかった。

加賀町から去った弥助も、弐番屋に床屋株を売ったのだろうか。

たぶん、そうにちがいない。交渉役の霞屋八十吉が言葉巧《たく》みに導き、町奉行所などの許しを得たうえで、はなしをまとめたのであろう。

火札を貼られた髪結床は立ち退きを余儀なくされ、親方は当面の金が欲しいがために虎の子の床屋株を手放す。弐番屋は相手の弱り目につけこみ、床屋株をまんまと手に入れるのだ。表向きは波風が立っておらぬようにみえるものの、世間の与《あずか》りしらぬところで着々と悪事はすすんでいるにちがいない。

「見逃すわけにはいかぬ」

又兵衛は拳《こぶし》を握りしめた。

藪を突っついてみせたのは、木梨利兵衛である。

霞屋八十吉のもとへ出向き、手下の破落戸が弥助の髪結床に火札を貼ったであろうと追及した。みた者がいると嘘《うそ》を吐《つ》き、五十両払えば揉《も》み消してやると偽《にせ》の条件を持ちだしたのだ。

みずからが悪同心《あくどうしん》を演じることで相手に墓穴を掘らせる。はなしに乗ってくれば、罪をみとめたとみなし、縄を打って裏のからくりを白状させる。あまり褒められたやり口ではないが、嵌《は》まれば見返りは期待できた。悪党どもを芋蔓式《いもづるしき》に引きずりだせるかもしれず、背に腹はかえられなかった。

又兵衛は今、三味線堀に近い華蔵院《かぞういん》の境内《けいだい》にいる。

神木《しんぼく》の陰から、月明かりに照らされた参道《さんどう》を睨んでいた。

「申し訳ございませなんだな」

風烈廻りの木梨は、さきほどからしきりに恐縮している。

華蔵院は霞屋の菩提寺《ぼだいじ》らしく、金を渡す場所として先方から指定された。

木梨は「相手の土俵で会ってやれば油断も生じましょう」と言ったが、さすがにひとりでは不安だったらしく、又兵衛に助っ人を求めた。ふたつ返事で応じたが、香取神道流の免許皆伝《めんきよかいでん》だとは告げていない。腰の大小はお飾り程度のものだろうと木梨はおもっているようで、よほどのことがなければ加勢は必要ないとまで念押しされていた。

「亥ノ刻《いのこく》（午後十時頃）にござる。そろりと破落戸どもがまいりましょう」

「まことに、ひとりでだいじないか」

「ええ、そのほうが警戒されませぬ。こちらでご覧になっていてくだされ」

「ふむ」

いざとなれば飛びだすつもりだが、木梨の堂々とした物腰をみればその必要もなさそうにおもわれた。

「まんがいちのときには、これを」

手渡されたのは、小さな布の包みだ。

「目潰しにござります。お守り代わりにどうぞ」

「わかった、貰っておこう」

「それでは」

木梨は木陰を離れ、飄然《ひょうぜん》と歩《ほ》を進めた。

――ごおん。

亥ノ刻の鐘《かね》が鳴っている。

境内は真上から月影に照らされていた。

参道にあらわれたのは四つの影、なかでも首ひとつ大きな巨漢が霞屋八十吉にちがいない。

対峙《たいじ》するのは提灯を持つ木梨ひとり、丸みを帯《お》びた後ろ姿が頼りなげにみえる。

四人が足を止めた。

前面に踏みだしてきたのは、八十吉らしき巨漢である。

「金は持ってきたのか」

さっそく、木梨がはなしかけた。

「ふん、腐れ役人め」

八十吉は苦々しげに吐きすて、手下のひとりに合図を送る。

手下は木梨に近づき、袱紗《ふくさ》に包んだ金を渡した。

木梨は手にした袱紗の重さを量《はか》り、渋い顔をしてみせる。

「要求した額の半分もないぞ。いったい、どういう了見《りようけん》なんだ」

「了見も糞《くそ》もねえ。そいつが腐れ役人の値さ。嫌なら、返《け》えしてもらってもかまわねえぜ。ただし、熨斗《のし》をつけて返えしてもらう」

「破落戸のくせに、十手持ちを脅す気か」

「老《お》い耄《ぼ》れは早々に隠居しな。そうすりゃ、怪我をしねえで済む」

「なるほど、一戦交《まじ》えるつもりか。まさに、願ったり叶《かな》ったりだな」

木梨は裾を端折《はしよ》り、さっと身構える。

「へへ、老い耄れめ、無理すんなよ」

八十吉に命じられ、手下三人が一斉に匕首《あいくち》を抜いた。

又兵衛は飛びだそうとして、木陰に踏みとどまる。

木梨が予想を超えた動きをしてみせたのだ。

素早く相手の懐中へ飛びこみ、瞬《また》く間《ま》に手下のひとりを昏倒《こんとう》させた。

いつの間にか、背帯から十手を抜いている。俊敏すぎて動きがみえない。

低い呻《うめ》きとともに、残りの手下ふたりもその場に転がってしまう。

ただ、巨漢の八十吉だけは容易な相手ではなかった。

「死ね、老い耄れ」

十手の一撃を食らっても怯《ひる》まず、長太い腕を伸ばして木梨の襟首《えりくび》を摑む。

ぐっと引きよせ、強引に捻《ひね》りあげた。

「ぬぐっ……」

木梨は爪先を宙に浮かせ、苦しげに藻掻《もが》きだす。

又兵衛はたまらず、木陰から飛びだした。

「あっ、何だおめえは」

気づいた八十吉は眸子《まなこ》を剝《む》く。

「ぬおっ」

又兵衛は参道を蹴りつけ、宙高く跳躍した。

中空《ちゅうくう》で抜刀《ばっとう》し、脳天めがけて振りおろす。

——ばこっ。

鈍《にぶ》い音とともに、八十吉の月代が凹《へこ》んだ。

白目を剝き、仰向《あおむ》けに倒れていく。

振りおろしたのは刃引刀《はびきとう》だ。命に別状はない。

解放された木梨は、苦しげに喉《のど》を鳴らす。

すかさず、又兵衛は身を寄せた。

「大丈夫か」

「……ご、ご心配なく」

「加勢が遅れてすまぬ」

「お強うござるな。おみそれしました」

木梨は起きあがり、八十吉を転がして細縄で後ろ手に縛った。

「ぬうっ」

正気に戻った八十吉はおとなしくなり、立ちあがらせると足を引きずりながら歩きはじめる。

「おめえにゃ聞きてえことが山ほどある」

仮牢《かりろう》のある南茅場町の大番屋へ連れていく気だろう。

八十吉は観念したのか、俯《うつむ》いて素直にしたがった。

三人は縦《たて》になり、山門《さんもん》から外へ出る。

刹那《せつな》、殺気が膨《ふく》らんだ。

待ちぶせしていたのは、編笠《あみがさ》の侍である。

見事な手並みで抜刀するや、八十吉を摺付《すりつ》けの横一文字に斬りつけた。

「げひょっ」

阻もうとした木梨も、逆袈裟《ぎゃくけさ》に斬られる。

まさに、一瞬の悪夢としか言いようがない。

はっとばかりに、又兵衛は跳躍した。

八十吉のときと同様、相手の脳天を狙って刀を振りおろす。

「ぬおっ」

気合いとともに、一刀を弾《はじ》かれた。

からだごと横に飛ばされ、起きあがってみると、手にした刃引刀はぐにゃりと曲がっていた。

怯まずに脇差《わきざし》を抜き、屈《かが》んだ姿勢で身構える。

編笠侍は青眼《せいがん》に構えたまま、安易に斬りつけてこない。

編笠の下から、唇と顎だけがみえた。

顎の脇には、芽《め》のような疣《いぼ》がある。

斬られたふたりは、ぴくりとも動いていなかった。

少なくとも、八十吉は生きておるまい。

「おぼえておけ。深追いすれば、おぬしもああなる」

編笠侍は薄い唇で言い捨て、背をみせて走り去った。

情けないことに、追いかける力は残っていない。

又兵衛は這《は》うようにして、木梨のもとへ身を寄せていく。

かたわらの八十吉は目を剝いて死んでおり、臍下《せいか》の裂け目からは腸《はらわた》がはみだしていた。

一方、木梨にはまだ息がある。

「おい、しっかりしろ。目を開けてくれ」

頰《ほお》に平手打ちをくれると、木梨は薄目を開けた。

何かを言いかけたが、強張《こわば》ったからだから急に力が抜け落ちる。

「おい、逝《い》くな、逝かんでくれ……」

又兵衛の腕のなかで、木梨は呆気《あっけ》なくこときれた。

「……くそっ」

何故《なぜ》、刺客の気配に気づけなかったのか。

悔《く》やんでも悔やみきれない。

唐突《とうとつ》すぎる無惨《むざん》な幕切れに、又兵衛は戸惑うしかなかった。

九

近くの自身番《じしんばん》へ駆けこみ、番太郎《ばんたろう》に自分はただの通りすがりであることを告げ、惨劇《さんげき》の後始末を頼んだ。

おそらく、今宵《こよい》の惨事は辻斬《つじぎ》りの仕業として片付けられるにちがいない。

木梨には申し訳ないが、火札騒ぎの探索を隠密裡《おんみつり》につづけるためには、そうするよりほかに手が浮かばなかった。

おそらくは木梨も、探索の継続を望んでいることだろう。

今はそう信じるよりほかにない。

目を閉じた木梨の顔が穏やかだったことが、せめてもの救いかもしれなかった。

仇《かたき》はかならず取ると胸に誓ったものの、編笠侍の正体は判然としない。霞屋八十吉の口を封じられたことで、悪事のからくりを証《あか》し立《だ》てする糸口も失った。

「どうすればいい」

自身番に運ばれた木梨の屍骸《むくろ》に問うても、返事は戻ってこない。

虚しい気持ちを抱えたまま、又兵衛は八丁堀の屋敷へ戻った。

着物が血で濡れていたので、静香には驚かれたが、惨事の経緯を喋る気にもならなかった。

飯も食わずに泥のような眠りに就《つ》き、明け方に目を醒《さ》ますと屋敷から飛びだした。

「せめて朝餉を、お味噌汁《みそしる》だけでも……」

裸足《はだし》で門まで追いかけてきた静香を振りきり、着流しの恰好で外へ出る。

足を向けたのは地蔵橋、橋を渡ったさきには同心の組屋敷があった。

頬被《ほっかむ》りもせずに小栗の屋敷へ向かい、門を潜《くぐ》ったさきの表戸を敲《たた》く。

「開けろ、平手又兵衛だ」

自分でも驚くほどの大声を張りあげると、奥から人の気配が近づいてきた。

少し開いた板戸をこじ開け、大股で三和土《たたき》に踏みこむ。

開口一番、鬼の形相で言いはなった。

「木梨利兵衛が死んだぞ」

「えっ」

応対に出た小栗は、腰を抜かさんばかりに驚く。

又兵衛は委細《いさい》構わず、事の経緯を手短に告げた。

「風を読むことのできる同心はほかにおらぬ。惜しい人物を失った。薄々勘づいておるとはおもうが、木梨はおぬしの父親を調べておったのだ」

「……き、木梨さま」

小栗は項垂《うなだ》れ、涙をこぼす。

「……つ、釣りに行こうと……さ、誘われておったのに」

「火札の一件を解決したら、隠居すると言うておった。亡きご妻女《さいじょ》の菩提を弔《とむら》いながら、釣り三昧《ざんまい》の日々を送るはずであったに、さぞや無念であろう。わしはその場におりながら、何もできなかった。柄《がら》でもないが、木梨利兵衛の仇《かたき》を討ちたい。ゆえに、こうしておぬしのもとへまいった」

小栗は袖で涙を拭《ぬぐ》い、ふうっと溜息を吐いた。

「どうぞ、おあがりください」

誘われて雪駄《せった》を脱ぎ、殺風景な八畳間で面と向かう。

「茶も出せませぬが」

薄暗がりのなかでよくみれば、月代も髭《ひげ》も伸び放題になっている。

眸子《まなこ》はいっそう落ち窪み、飯もろくに食べていないことが窺われた。

「知っていることはすべて、おはなしいたします」

「ふむ。ならば、まずはこちらから聞こう。猫の火札を小机に置いたのは、おぬしか」

「はい。誰かを頼りたくなり、はぐれ又兵衛の異名を取る平手さまならば、調べに乗りだしてくれるやもしれぬと、淡《あわ》い望みを抱きました」

「淡い望みか」

「申し訳ございませぬ」

「いや、よいのだ」

調べるきっかけをつくってくれたとも言えるし、小栗が火札を託しながらもこちらを信用できず、慎重にならざるを得なかった理由も理解できる。

「実家の父に恩を感じておるのだな」

「妾腹のわたしを、ここまで育ててくれました」

「情が薄くとも、父親は父親か」

「さきほどまでは、そう考えておりました」

悩みに悩み、一歩踏みだすことができなかった。木梨利兵衛の死がなければ、小栗は固い殻《から》に閉じこもったままだったのかもしれない。

「床屋株を手に入れれば、濡《ぬ》れ手《て》で粟《あわ》で儲けられる。両国の小火《ぼや》で味を占めた弐番屋甚左衛門は、どのような手を使ってでも床屋株を手に入れようとおもった。

それで、霞屋八十吉に命じて火札を貼らせた。この筋にまちがいはないか」

「大筋はまちがいございませぬ。されど、甚左衛門は困っておりました」

「と、言うと」

「火札を貼るという悪知恵をおもいついたのは、甚左衛門ではありませぬ」

「やはり、黒幕がおるのだな」

「はい。床屋株を貸して得る利益の大半は、おそらく、そちらへ上納されているものとおもわれます」

「裏のからくりを証し立てするものは」

「猫の火札以外にはございませぬ。神田佐久間町で火札騒ぎがあった前の晩、わたしは甚左衛門から実家に呼びだされました。何があっても口を噤《つぐ》んでおけと命じられ、お守り代わりにあの火札を手渡されたのです」

「なるほど、火札騒ぎへの関与については、おぬしの証言が動かぬ証しになるというわけか。されど、父親とのやりとりを包み隠さず上に訴えれば、おぬしとて重い罪に問われよう」

「まちがいなく、斬首になりましょうな」

「それでもよいのか」

「すでに、覚悟は決めました」

「さようか」

又兵衛はうなずき、肝心なことを問うた。

「おぬしの父は、何者かに尻を掻かれている。そう、木梨も申しておった。木梨はおそらく、その者が放った刺客に斬られたのだ」

「まちがいありますまい」

「されば、肝心なことを聞こう。黒幕におぼえはないか」

「おひとり。甚左衛門が以前、宴席《えんせき》に何度か招いたお役人がおられます」

「誰だ」

「鬼頭隼人之丞《きとうはやとのじょう》さまにござります」

家禄《かろく》三千石の大身旗本で、宴席に招いていた三年前は腰物奉行《こしのものぶぎょう》であったという。刃物屋の弐番屋は好事家垂涎《こうずかすいぜん》の高価な刀剣も闇で取引しており、刀剣に目がない鬼頭と交流を持ったらしい。鬼頭は今や、下三奉行《したさんぶぎょう》の一角を占める普請奉行《ふしんぶぎょう》に出世していた。

「なるほど」

公儀でも重きをなす職禄二千石の普請奉行ならば、空き地や火除地の再利用で便宜《べんぎ》をはかることもできよう。

「ただし、以前からの知りあいで屋敷が近いというだけで、何ひとつ証しはございませぬ」

証しを立てられぬことが、小栗甚六の口を重くさせていた理由のひとつでもあったのだ。

又兵衛は何度もうなずいた。

「黒幕の尻尾を摑む手がなくもない。されど、まずは手順を踏むか」

「手順にございますか」

「今から、弐番屋へ向かう。おぬしは膝詰《ひざづ》めで、父親を詰問《きつもん》せねばならぬ。無駄かもしれぬが、すべてを告白させるのだ」

「さようなことが……」

「無論、できるかどうかはわからぬ。できぬとしても、血の繋がった父子である以上、腹を割ってはなすことも必要であろう」

最後に一度だけ、弐番屋甚左衛門に跪《ひざまず》く機会を与えてやるのだ。

又兵衛の気遣《きづか》いが伝わったのか、小栗は畳に両手をつく。

「かたじけのうございます」

さきほどまでとは異なり、心なしか表情はすっきりとしている。

覚悟を決めてくれたのだろう。

これもすべて、役目に命を擲《なげう》った木梨のおかげだと、又兵衛はおもった。

十

例繰方の上役として挨拶に来たと伝えたところ、弐番屋甚左衛門は下にも置かぬ態度で出迎えた。

されど、最初から眉《まゆ》に唾を付けている。

月代と髭を剃ったとはいえ、痩《や》せ細った小栗甚六のすがたを目にしたからだ。

「甚六に何かいたらぬところでもござりましたか」

客間で面と向かうや、甚左衛門は不審げな顔で尋ねてきた。

ふくよかな善人面《づら》を一見しただけでは、悪人かどうかの判別がつかない。

「手前はただの刃物屋、可愛い長男の甚六にだけは夢をみさせてやろうと、三百両で同心株を買わせていただきました。されど、今にしておもえば、分《ぶん》を過ぎたことをしたのかもしれませぬ」

穏やかな物言いと謙虚《けんきょ》な態度に、又兵衛はうっかり騙《だま》されかけた。

口火を切ったのは、後ろに控えた甚六である。

「こちらの平手さまに火札をお預けしたんだよ。おとっつぁんが霞屋八十吉を使ってやったことはわかっている。正直に罪をみとめて、悪事のからくりを洗いざらい喋ってはくれまいか」

重苦しい沈黙が流れ、甚左衛門が弾《はじ》けるように笑いだした。

「ふはは、わけのわからぬことを。わしが霞屋に火札を貼らせただと。何処にさような証しがあるというのだ」

「この手に火札を渡したのが何よりの証し。何があっても口を噤んでおけと、おとっつぁんは念押ししたじゃないか」

「忘れたな。馴《な》れない役目を課され、おまえは疲れておるのだ」

「昨夜、霞屋八十吉は死んだ。おおかた、口を封じられたにちがいない。おとっつぁんの後ろ盾になっている人物が刺客を送ったのさ。それが誰なのか、見当はついている。おとっつぁんの口から、その人物の名を聞かせてもらえまいか」

すかさず、又兵衛が口添えする。

「何もかもはなせば、罪を一等減じてもよい」

甚左衛門はぎろりと目を剝き、悪党の地金《じがね》を晒《さら》しはじめた。

「例繰方の旦那に、そんなことができるのかね。悪事がばれたらどっちにしろ、刑場の露《つゆ》になるだけさ」

　ぞんざいな物言いを受けながし、又兵衛は首を横に振る。

「遠島《えんとう》で済むかもしれぬ」

「遠島だと。ふん、嘘を吐くな」

「おぬしが命じられて仕方なく悪事に手を染めたと申すなら、一考してもよい」

「何だって」

「わしの見立てでは、火札を貼らせたのはそやつだ。同心株まで買って、自分の子を不浄役人にする。それほど用心深い商人が、かように危ない橋を渡るはずがない。おおかた、やらねば店を潰すと脅されたのであろう。正直にはなせば、八丈《はち》送《じょうおく》りで済むようにしてつかわそう」

「けっ、八丈に送られたら、死ぬまで江戸の土は踏めぬ」

「そうかもな。されど、命があるだけましではないか。それに、恩赦《おんしゃ》の先例もある。八丈から戻ってきた罪人は何人もいる」

　甚左衛門の額《ひたい》から脂汗《あぶらあせ》が滲んできた。

　唐突に訪ねてきた与力を信じるべきか否《いな》か、心に迷いが生じているのだろう。

あとひと押しだとおもい、又兵衛は膝を躙《にじ》りよせる。

後ろから、甚六が叫んだ。

「おとっつぁん、正直に喋ってくれ」

甚左衛門は我に返り、ほっと溜息を吐く。

「ふふ、危ねえ危ねえ、うっかり口車に乗せられるところだった。平手さまとやら、あんたにどれだけの力があるのか知らないが、手前を裁《さば》きたいと仰るなら、ご随意《ずいい》にどうぞ。ただし、証しもなしに捕縛《ほばく》すれば、あとでお困りになりましょうよ」

又兵衛は溜息を吐いた。下手《したで》に出たことが、ばかばかしくおもえてくる。

「たいした自信だな」

「ついでに言わせていただければ、甚六の籍は抜いております。親でも子でもありませぬ。よって、そやつが偉そうにほざく台詞を真に受ける義理もない。あしからず、お帰りはあちら」

ほんのわずかだが、又兵衛には父親の情が垣間見《かいまみ》えたように感じられた。

まんがいちのことがあっても、自分と関わりのない息子は罪に問われぬはずだ。遠回しにそう言いたかったのかもしれぬが、当の甚六は父親の気持ちに気づいていない。憎々しげに甚左衛門を睨みつけ、仕舞《しま》いにはがっくりと頭《こうべ》を垂れた。

「親でも子でもないと申すなら、遠慮はせぬ。あくまでも悪事を隠すようなら、容赦《ようしゃ》はせぬぞ」

又兵衛のことばを受け、甚左衛門はせせら笑う。

「ご随意にと申しました」

「さようか、残念だな」

一縷《いちる》の望みに賭《か》けたのがまちがいだった。

逐《お》われるように外へ出てみると、甚六は存外にすっきりした顔を向けてくる。

「かたじけのうござります。おかげで吹っ切れました」

じつの父を裁くことに一抹《いちまつ》の懸念《けねん》もないという。

「さようか」

余計なことは言うまいと、又兵衛は胸中につぶやいた。

何故か、虚しい。

甚左衛門が箸《はし》にも棒にも掛からぬ悪党ならば、こうした気持ちにはならなかったであろう。

されど、又兵衛に迷いはない。

会ってはなしたことで、まことの悪党が誰かはっきりした。

すぐにでも、その人物が正体をあらわすにちがいない。

例繰方の一与力に、いったい何ができるというのか。

相手はおそらく、上役を使って恫喝《どうかつ》してくるはずだ。

そう仕向けたことが、弐番屋を訪ねた理由のひとつでもある。

唯一の勝機があるとすれば、相手が嘗《な》めてかかってくれることだと、又兵衛はおもっていた。

十一

夕刻、御用部屋で書面作りに精を出していると、内与力の沢尻玄蕃から呼びだしがあった。

期待していたので、さっそく向かってみると、沢尻が眉間《みけん》に皺《しわ》を寄せている。

「何かご用事にござりましょうか」

惚《とぼ》けて尋ねるや、相手の口がへの字になった。

沢尻が叱責《しっせき》するときの癖である。

「おぬし、得手勝手《えてかって》に何を調べておる」

静かな口調だが、声に怒りが込められていた。

又兵衛は平然と応じる。

「髪結床に貼られた火札の件を調べております。神田佐久間町の三軒につきましても、加賀町の一軒につきましても、いまだ火札を貼った不届き者は捕まっておりませぬ。吟味方や廻り方で誰かが調べている形跡もなく、書面作りもままならぬため、みずから動くよりほかに手立てがござりませぬ」

「お得意の屁理屈《へりくつ》か。いつにもまして、よう喋るではないか。それで、調べは何処まですすんでおる」

「風烈廻りの助力を得て、予想だにせぬ裏のからくりがあきらかに」

「裏のからくりだと」

「いかにも。お知りになりたければ、最初から経緯をおはなしいたしますが」

「何だその物言いは」

沢尻は語調を荒らげ、手前の箱火鉢《はこひばち》に鉄火箸《てつひばし》を刺した。

又兵衛は軽く頭をさげる。

「お忙しい沢尻さまのお手を煩《わずら》わすわけにもまいりませぬ」

「火札騒ぎの裏を知れば、わしが乗りださずにはおられなくなるということか」

「御意《ぎょい》にございます。ご面倒だとお考えなら、一切合切《いっさいがっさい》それがしにお任せを」

「一切合切か、めずらしいな。やる気の無いおぬしのことばともおもえぬ。まあ、経緯とやらを聞くだけ聞いてやるか」

「そのまえに、お呼びになった理由をお教え願えませぬか」

「わかっておろう、上から文句を言われたのだ」

「どなたからにございますか」

「知ってどうする」

又兵衛は座りなおし、くいっと胸を張った。

「文句を言われたお方こそが、火札騒ぎの黒幕にございます」

「ふっ、笑止《しょうし》な。相手は三千石の御大身ぞ」

「御普請奉行、鬼頭隼人之丞さまであられますな」

すかさず名を口にすると、沢尻は細い目をいっそう細める。

「ようわかったな。先刻、鬼頭家より用人頭《ようにんがしら》の深浦左内《ふかうらさない》どのがみえられ、おぬしを名指しされたのだ」

「深浦と申す用人頭は何と」

「平手又兵衛なる者は、何ひとつ証しがないにもかかわらず、とある商人を火付けの罪人扱いしておる。すぐに探索を止めさせよとの主旨《しゅし》であったわ」

「沢尻さまは、どのように応じられたのですか」

「即刻、叱《しか》りつけて止めさせるゆえ、ご容赦願いたいと言うてやった。すると、深浦某《なにがし》は顎の疣《いぼ》を指で触りながら、町奉行所の威信にも関わることゆえ、よしなに頼むとほざいて去りおった」

沢尻の言いっぷりから推すと、額面どおりに受けとらずともよさそうだ。

話し合いの余地はあると、又兵衛は解釈した。

「顎に疣と仰いましたな。おそらくは深浦なる者、霞屋八十吉を斬った刺客でござります」

「霞屋八十吉とな」

「金を払えば、火札貼りでも何でもする。阿漕な口入屋にござります」

「深浦某がそやつを斬ったと、何故わかる」

「昨夜、寺の門前で編笠侍と一戦交えました。そのとき、顎の疣を目に焼きつけましてござります。じつは、さきほどおはなしした風烈廻りも、そやつに斬られて絶命いたしました」

「何だと」

「このような者、あっぱれ同心ではないか」


「木梨利兵衛にございます」

「木梨と申せば、風を読むことのできる同心ではないか」

「惜しい人物を失いました。木梨は誰よりも詳しく火札の件を調べておったのです。霞屋は口封じされ、木梨も命を断《た》たれました。御普請奉行の鬼頭さまは、おのれの悪事を隠蔽《いんぺい》すべく、関わった者すべてを消そうとしておるのでございます」

沢尻は激昂《げっこう》し、箱火鉢の縁《ふち》を鉄火箸で叩いた。

「おぬし、さきほどから何を喋っておるか、自分でわかっておるのだろうな」

「すべての責は、それがしが負い申す」

「ふん、偉そうに」

いつもどおり、一笑《いっしょう》に付《ふ》されるとおもったが、そうはならなかった。

「深浦なる者、陪臣《ばいしん》のくせに驚くほど横柄《おうへい》なやつでな。本音を申せば、向こうの言い分を鵜《う》呑《の》みにする気は失《う》せておった」

「なれば、調べをつづけてもよいと」

「よいとは言わぬ。おぬしが勝手にやることだ。ここからは仮のはなしだが、おぬしの読みどおりに事がすすんだとしても、おぬしの手柄にはならぬぞ。何せ、相手は三千石取りの御大身、何らかの理由をくっつけて目付に引き渡すしかなかろうからな。要するに、命懸《いのちが》けの努力も報《むく》われぬというはなしだ。それでも、やるのか」

「もとより、手柄なんぞは望みませぬ」

「ならば、何のために命を削る」

「仇討《あだう》ちにございます」

「風烈廻りのか」

「いかにも」

沢尻は大袈裟《おおげさ》に驚いてみせる。

「与力が同心の仇討ちをするなど、聞いたこともないぞ」

「身分や地位は関わりありませぬ。わたしは木梨利兵衛から、雲の動きを教わりました。江戸広しといえども、あれほど優《すぐ》れた日和見師《ひよりみし》はおりませぬし、あれほど気骨のある十手持ちもそうおりませぬ。もっと、いろいろと教わりたかった。ともあれ、普請奉行は木梨利兵衛を我欲のために葬《ほうむ》ったと、それがしは理解しております。さような悪党を野放しにしておくわけにはまいりませぬ」

「ふん、おぬしが情に流されるとはな。悪夢でもみているようだわ」

「沢尻さまに、ご迷惑はお掛けしませぬ」

「あたりまえだ。加勢もできぬし、失敗《しくじ》ったときの責は負えぬ。もう一度聞くが、それでもやるのか」

「無論にござる」

「わかった。ならば、はなしは聞かなかったことにする」

退《さ》がってよいと言われ、又兵衛はそそくさと廊下へ逃れた。

これだけの大仕事を例繰方の与力ひとりに委《ゆだ》ねる上役の気も知れぬが、沢尻とはそういう男だった。肝心なところで梯子《はしご》を外してみせるものの、最後の最後で帳尻を合わせようとする。

いずれにしろ、阻まれても突きすすむ覚悟は決めていたので、町奉行直属の内与力から調べの継続を黙認する言質《げんち》を得られただけで充分だった。

十二

十五日は涅槃会《ねはんえ》。毎年この日、江戸にはかならず雪が降る。

今日も降った。といっても、昼までには解ける大粒の牡丹雪《ぼたんゆき》だ。

数寄屋橋の南町奉行所を退出する際には、青い伊豆石《いずいし》の敷かれた六尺幅の甃《いしだたみ》も、白い小砂利《こじゃり》の敷きつめられた門前も、すっかり乾《かわ》いていた。

足許《あしもと》が濡れずに済んだなとおもいつつ、厳《いか》めしい長屋門《ながやもん》に一礼する。御門に一礼する習慣だけは、出仕したての頃から欠かしていない。

頭をあげかけたところへ、後ろから駆け寄ってくる者があった。

振りむかずともわかる。胡座《あぐら》を掻いた鼻の甚太郎だ。

「鷭《ばん》の旦那、お待ち申しあげておりやした」

「何か用か」

「へい。空樽拾《あきだるひろ》いの小僧が旦那あてに怪しげな文《ふみ》を。何でも、編笠侍に駄賃を渡されて頼まれたとか」

「何だと、文を寄こせ」

「こちらでござんす」

差しだされた文を引ったくり、さっと開いて文面を読んだ。

――甚六の命が惜しくば、今宵亥ノ刻《いのこく》、久右衛門河岸《きゅうえもんがし》の弐番蔵《にばんぐら》に来い。

甚太郎が覗きこんでくる。

「ひとりで来いと、裏に添え書きが」

「おまえ、読んだのか」

「へい。でも、誰にも言いやせんよ」

「あたりまえだ」

少し間を置き、甚太郎が低声《こごえ》で聞いてくる。

「長元坊の先生にもですかい」

「余計なことはするな」

「へい。でも旦那、甚六ってのは小栗さまのことでやしょう。ひょっとして、拐《かどわ》かされたんですかい」

「何も聞くな。関わるでない」

「へい。ちなみに、弐番蔵ってのはたぶん、刃物蔵《はものぐら》のことでござんしょう」

さすがに、府内のことはよく知っている。

甚太郎によれば、弐番蔵とは弐番屋甚左衛門が貴重な刀剣などを収めた蔵のことで、地元では「刃物蔵」と呼ばれているようだった。

「物騒な言われようなんで、おぼえていたんでさあ」

鼻の穴を押っぴろげた甚太郎をその場に残し、又兵衛は八丁堀の屋敷へ戻った。

夕餉の膳《ぜん》には、雌鮒《めぶな》の甘露煮《かんろに》が供《きよう》されている。

木梨の顔をおもいだし、涙が出そうになった。

「どうなされたのですか」

静香に不審がられても、適当にごまかすしかない。

面と向かう主税とは、めずらしく剣術談義になった。

「香取神道流の免状《めんじよう》持《も》ちは、飛蝗《ばった》のごとく跳ぶそうじゃな」

「いかにも」

「座ったままの姿勢から、どれだけ跳べば免状を貰えようか」

「一間余りにござります」

「ふうん、そらすごいな」

「文字どおり、飛蝗たれかしと念じねば、跳ぶことはできませぬ」

「飛蝗たれかしか。しかも、跳びながら抜刀するのであろう」

「はい、二尺八寸の兼定を抜きまする」

「どうやって抜く。ちとみたくなったな」

すかさず、静香が下座から注意を促《うなが》す。

「父上、夕餉の最中にござりますよ」

「おなごが口を挟むでない。ここが合戦場ならいかがいたす。飯を食うておるゆえ刀は抜けぬと、敵に言い訳でもするのか。ふん、言い訳したそばから、ちょんと首を刎《は》ねられるわい」

又兵衛が顎をつんと突きだす。

「義父上《ちちうえ》、兼定を抜くには鞘引《さやび》きに長じておらねばなりませぬ」

「鯉口《こいぐち》を左手で握って引き絞《しぼ》る技であろうが。わかっておるわい。技の名は何であったかな」

「卍抜《まんじぬ》けにござる」

「おう、そうじゃ。卍抜けこそが、香取神道流の真髄《しんずい》なのであろう」

何故に、剣術談義になったのかもわからぬ。

主税なりに殺気を感じとったのかもしれない。

たがいに熱く語るうちに時の経《た》つのも忘れ、出掛けねばならぬ刻限が近づいた。

「かような夜更けにお出掛けですか」

静香にだけは伝えておかねばなるまい。

「仇討《あだう》ちにまいる」

「えっ」

「さればな」

長い説明はいらぬ。黒羽織《くろばおり》を纏《まと》って大小を差し、十手は持たずに外へ出た。

慌《あわ》てて見送りに出てきた静香が、わけもわからぬまま鑽火《きりび》を切ってくれる。

おかげで腹が据《す》わった。

「すまぬな」

又兵衛はひとりごち、足早に門前を離れる。

後ろもみずに露地《ろじ》を抜け、堀川に架かった橋をいくつか渡り、薄暗い日本橋の大路を突っ切った。

神田川に架かる新シ橋を渡る頃には、亥ノ刻の捨《す》て鐘《がね》が鳴りはじめた。

――ごおん、ごおん。

暗がりから水鳥が飛びたつ音を聞きながら、甚太郎に教えてもらった弐番蔵へ歩を進める。

蔵の石扉は開いており、誘われるように内へ踏みこんだ。

壁には手燭《てしょく》が何本も刺さり、蔵内を照らしている。

刀剣や武具が所狭しと並んでいた。

まるで、無言で脅しを掛けられているようだ。

されど、人の気配はない。

どんつきの潜《くぐ》り戸《ど》が、これみよがしに開いている。

「あそこを潜って来いということか」

身を屈め、慎重に外へ出た。

中庭のようだ。

正面に篝火《かがりび》が焚《た》かれており、人影が三つ並んでいる。

雲が晴れ、満月が顔をみせた。

煌々《こうこう》と照らしだされた庭には、侍ふたりと弐番屋甚左衛門のすがたがある。

「ほう、来おったな」

吐きすてた人物は、光沢《こうたく》のある絹地《きぬじ》の着物を羽織《はお》っていた。

「木っ端役人め、わしが誰かわかるか」

「普請奉行の鬼頭隼人之丞」

「ほほう、呼びすてにしたたな。無礼討《ぶれいう》ちにしてもし足りぬやつじゃ。のう、左内」

相槌《あいづち》を促された蜥蜴目《とかげめ》の男は、顎に大きな疣《いぼ》がある。

木梨を斬った用人頭の深浦左内にちがいない。

中庭の端には、別の気配もあった。

目を向けると、松の木に小栗甚六が荒縄で縛りつけられている。

「小栗、大丈夫か」

声を掛けると、わずかに動いた。

だが、項垂れたまま顔をあげることもできない。

おおかた、こっぴどく痛めつけられたのであろう。

「弐番屋、じつの子をあのように縛りつけて平気なのか」

又兵衛は我慢できず、意味の無い問いを放った。

甚左衛門は鼻で笑う。

「親でも子でもない。そう申しあげたはずですがね」

父親の情を垣間見た気がしたのは、勘違いだったのかもしれない。

今の情況では、そう考えるしかなさそうだ。

鬼頭が腰の刀を抜きはなった。

「くく、初おろしの名刀じゃ。いや、妖刀か」

「妖刀」

「千五村正《せんごむらまさ》よ」

甚左衛門がとある筋から高額で手に入れたらしい。

「これこそ、わざわざ足労《そくろう》した理由じゃ。わしはな、村正の様斬《ためしぎ》りにまいったのじゃ」

「様斬りだと」

「くかか、どっちからさきに斬ってくれようかの」

笑った口の奥が不如帰《ほととぎす》のごとく、血塗られたように赤い。

魔に取り憑《つ》かれた旗本が、狂笑《きようしよう》しているとしかおもえなかった。

十三

満月は群雲《むらくも》に隠れ、篝火の炎は突然の旋風《つむじかぜ》に激しく揺れた。

ふたたび雲間から月が顔をみせると、松の木のほうで異変が起こっている。

荒縄が切断され、縛られていたはずの小栗甚六がすがたを消していた。

木陰から、ぬっと坊主頭が差しだされる。

巨体をみせた海坊主は、長元坊にほかならない。

後ろから、小者の甚太郎もひょいと顔を出した。縄梯子《なわばしご》を自慢げに翳《かざ》すところから推すと、高い塀《へい》を乗りこえて侵入したのであろう。

「鸛《ばん》の旦那、小栗さまはお助けしやした。思う存分にやっちまってくだせえ」

「ふん、余計なことを」

苦笑しながらも、嬉しさが込みあげてくる。

笑いながら胸を叩く長元坊が頼もしい。

「仲間がおったか」

鬼頭が眸子《まなこ》をぎらつかせる。

「くく、様斬りの数が増えただけのはなしじゃ。ここにおる深浦左内はな、甲源《こうげん》一刀流《いっとうりゅう》の免状持ちぞ。左内よ、格のちがいをみせてやれ」

「はっ」

深浦が乗りだしてくる。

抜いた刀は腰反《こしぞ》りの強そうな長尺刀《ちょうじゃくとう》、呪われた刃《やいば》には木梨利兵衛や霞屋八十吉の血曇りが残っているはずだ。

五間の間合いで対峙するや、深浦は摺《す》り足《あし》で迫ってくる。

「いやっ」

先《せん》の一刀は上段突き、又兵衛は抜き際の逆袈裟で弾き、青眼に構えなおした。

「ほう、あやつの刀、なかなかの業物《わざもの》ぞ」

口を挟んだのは、篝火のそばに控える鬼頭である。

「おい、木っ端役人、刀の銘《めい》を教えよ」

「和泉守兼定」

又兵衛が応じてやると、鬼頭は身を乗りだした。

「銘刀《めいとう》ではないか。不浄役人が持つ刀ではなかろう。よし左内、そやつを斬ったら刀を奪え。戦利品じゃ」

「はっ」

煽《あお》られていっそう、深浦の攻めは激しさを増した。

一合、二合と刃を交えるたびに、両手に痺《しび》れが走る。

三合目に左の袖を断たれ、又兵衛は後退を余儀なくされた。

「鶺の旦那」

松の木のほうから、甚太郎の声が掛かる。

案ずるなと胸の裡《うち》でつぶやき、又兵衛は袂《たもと》を引きちぎった。

はっきりと、相手の太刀筋《たちすじ》はみえている。

最後は必殺の胴斬りを仕掛けてくるはずだ。

又兵衛は何をおもったか、兼定を鞘に納めた。

「何のつもりだ」

訝《いぶか》しむ深浦に笑いかけてやった。

「さてな」

「惑わそうとしても無駄だぞ」

「惑わす気はない。これは流派の手順でもある」

「流派とは」

「教えるはずがあるまい」

「ふん、どうでもよいわ。遊びは仕舞いじゃ」

深浦が吠《ほ》えた。

「ふえい」

右八相《みぎはっそう》の構えから袈裟懸《けさが》けがくる。

——びゅん。

これを鼻先で躱《かわ》し、反転しながら脇にまわった。

相手も低い姿勢で従《つ》いてくる。

「もらった」

深浦はさらに身を沈め、渾身《こんしん》の水平斬りを繰りだした。

「今っ」

又兵衛は地を蹴りつける。

——ひゅっ。

爪先の下を、刃風《はかぜ》が走りぬけた。

必殺の刃は空を斬り、深浦は亀のような恰好で真上をみた。
「おっ」
又兵衛が満月を背に抱え、宙高く跳んでいる。
しかも、跳びながら、兼定を抜きはなっていた。
――奥義、卍抜け。
それだけではない。
抜くと同時に、目潰しを投げつける。
木梨に授《さず》けられたお守りだった。
「うわっ」
深浦はおもわず、目を閉じる。
方向を見失い、闇雲《やみくも》に刀を振った。
又兵衛は音も無く、地に舞いおりる。
刀身を余裕でかいくぐり、脇胴を深々と剔《えぐ》ってやった。
さらに、正面に向きなおった相手を一刀両断に斬りさげる。
「ぐはっ」
これは木梨利兵衛の仇討ちだ。容赦はしない。

深浦は鮮血を散らし、仰向けに倒れていった。

「うわあぁ」

弐番屋甚左衛門は悲鳴をあげ、這うように逃げだす。

立ちふさがったのは、長元坊であった。

丸太のような腕を横振りし、阿漕な商人の顔面を破壊する。

篝火のそばにひとり残った鬼頭は、声を出すのも忘れていた。

例繰方の内勤与力がこれほど強いとは、想像もできなかったであろう。

「……ぬう、許さぬぞ」

鬼頭は顎をわなわなと震わせ、手にした妖刀を抜きはなつ。

又兵衛が静かな口調で窘《たしな》めた。

「おぬしも武士の端くれなら、潔《いさぎよ》く罪をみとめたらどうだ」

「黙れ、下郎《げろう》。わしは三千石取りの大身ぞ。うぬのごとき虫螻《むしけら》役人とは格がちがう」

「ここは様斬りの土俵ではないのか。それなら、どちらかが様斬りの的《まと》になるだけ。身分がどうのと言うておる場合ではないぞ」

「くっ、死ね」

鬼頭は腰の据わらぬ構えから、袈裟懸けを繰りだしてきた。

又兵衛は腰を落とし、真横から力任せに弾いてやる。

「うわっ」

すると、妖刀が棟区《むねまち》から折れた。

鬼頭は尻餅《しりもち》をつき、折れた刀をみつめている。

「とんだ村正であったな。おぬしもその贋作《がんさく》と似たようなものだ」

「ぬぐっ……ぐぐ」

恐ろしいのか、口惜《くちお》しいのか、鬼頭はことばを発することもできない。

又兵衛はゆっくり身を寄せた。

「死とは恐ろしいものだ。されど、自分の身に降りかからねば、まことの恐ろしさはわかるまい」

間近まで迫り、兼定をすっと上段に持ちあげる。

鬼頭が慌てて、右手を翳《かざ》した。

「……うわっ、待て、待ってくれ」

命乞《いのちご》いなど聞きたくもない。

又兵衛は兼定を振りおろす。

——ばきっ。

鈍い音とともに、鬼頭が口から泡を吹いた。

「命までは断っておらぬ」

峰《みね》に返して肋骨《あばらぼね》を叩き折ったのだ。

「あいかわらず、甘いやつだな」

長元坊が漏らす背後には、小栗甚六が惚《ほう》けた顔で佇《たたず》んでいる。

又兵衛は絹地の着物で刀身を拭い、無骨《ぶこつ》な黒鞘《くろざや》に納めた。

大身旗本の身柄は火札ともども、目付に委《ゆだ》ねればよかろう。

悪事の詳細については、観念した弐番屋甚左衛門が洗いざらい喋るはずだ。

ただし、旗本の悪事は表沙汰《おもてざた》にされず、鬼頭は別の理由で裁かれるにちがいない。

何ひとつ手助けをせぬ沢尻でも、目付と膝詰めで話し合い、後始末くらいはつけてくれよう。

そうなることを期待しつつ、又兵衛は惨状に背を向けた。

十四

春の彼岸《ひがん》を過ぎると、池の水面《みなも》から睡蓮《すいれん》が芽を伸ばす。

その脇を子持《こも》ち鮒《ぶな》がすいすいと泳ぐ様子を眺めながら、又兵衛は慎重に釣り糸を垂れた。

三味線堀の夕まぐれ、遠くで鳴っているのは初午《はつうま》で売れ残ったかんから太鼓《だいこ》であろうか。非番ではなかったが、風読みが得意だった風烈廻りを偲《しの》んで、無性に釣りがしたくなった。弐番蔵での出来事から十日経った今日、普請奉行の鬼頭隼人之丞が腹を切ったのである。

「ようやくであったな」

内与力の沢尻が目付との交渉に手間取ったのだ。

交渉してくれただけでも、よしとせねばなるまい。

おかげで、又兵衛は表に出ずに済んだ。

もちろん、手柄はない。

鬼頭の罪状は「御役目怠慢《たいまん》」であった。

すでに、弐番屋甚左衛門は斬首となっている。

床屋株を手に入れるために火札を貼らせた事実は、いっさい表沙汰にされなかった。

本来ならば、真実を遍《あまね》く公表し、粘り腰で探索にあたった木梨利兵衛がいかに優れた同心であったかを世間に知らしめたかった。

――さようなこと、せずともよいのですよ。

耳許《みみもと》に囁きかけてきたのは、木梨にちがいない。

「ああ、わかっておるさ」

目立つことが嫌いな性分は、自分と同じだった。

ただし、ひとつだけ墓前に報告したい出来事がある。

今日の午後一番のことだ。

調べ物があって書庫を訪れると、先客が書棚の隅で古い裁許帳《さいきよちよう》を読んでいた。

何とその人物こそは、南町奉行の筒井伊賀守《つついいがのかみ》にほかならなかった。

昌平黌《しようへいこう》きっての秀才と謳《うた》われた筒井が、時折、みずから書庫に出向くのは知っていた。されど、たいていは暗くなってからなので、陽の高いうちに鉢合《はちあ》わせすることはまずなかった。

驚いて腰を抜かしかけたところへ、筒井のほうから声を掛けてきた。

「精が出るな、おぬし、例繰方の何と申したか……」

「はっ、平手又兵衛にござります」

「……おう、そうじゃ。沢尻が言うておったわ。例繰方にひとり、誰とも群れぬ与力がいる。そやつが火札騒ぎのからくりを解いてみせたとな」

「沢尻さまがさようなことを」

「困っておったぞ。何せ、裁く相手は三千石取りの大身じゃ。目付筋を説得すべく、何度も御城へ足を運んだようでな」

「まことに申し訳なくおもっております」

「なあに、申し訳なくおもうことはない。おぬしはようやった。木梨の仇《かたき》をよう討ってくれた」

「まさか、木梨利兵衛をご存じなのですか」

「釣りの師匠でな、池の底に潜《ひそ》む寒鮒《かんぶな》の釣り方をよう教わったものじゃ」

筒井は淋しげに微笑み、書庫から出ていった。

遠ざかる背中に、又兵衛は深々とお辞儀したのである。

真心の籠もったことばに報《むく》われた気がした。木梨の墓前に是非とも報告せねばなるまいとおもった。

「まあ、そういうわけだ」

一方、木梨も気に掛けていた小栗甚六はどうなったのか。

御役御免の沙汰《さた》を受けただけで、それ以上の重い罪には問われなかった。

八丁堀の屋敷を引き払ったあとの消息がわからぬので、又兵衛は連日のように三味線堀を訪れているのである。

「今日もおらぬか」

釣果《ちょうか》もなく、釣り竿を仕舞いかけた。

と、そこへ、山のような荷を背負った行商が近づいてくる。

「釣れますか」

気軽に声を掛けてきたのは、小栗甚六にほかならない。

髷は町人髷に結いなおし、黒羽織も紺《こん》の古着に替えている。

されど、遠目からでも、本人であることはすぐにわかった。

「平手さま、ご心配をお掛けしました」

「おう、どうしておった」

「ご覧のとおり、貸本《かしほん》の行商をはじめました」

「そうであったか」

役人であったときよりも、何やら生き生きとしている。

「この商売、自分に向いているようで」

「好きなときに本を読むこともできようしな」

「いかにも。されど、読んでばかりもいられませぬ。誰かに貸して銭を稼がねば、飢《う》え死にしてしまいます」

「はは、それもそうだ」

「ところで、平手さまは乙次郎なる髪結をご存じですか」

「もちろんだ。乙次郎がどうかしたのか」

「さきほど、八丁堀の露地で出会《でくわ》しました」

広袖のうえに紺無地《こんむじ》の腹掛け、角帯をきりりと締めて裾を端折《はしょ》り、撫《な》でつけの鬢棒《びんぼう》を横櫛《よこぐし》にした鯔背《いなせ》な恰好で道具箱を提《さ》げていたという。

「あやつめ、廻《まわ》り髪結《かみゆい》になったのか」

「女房子どもを食わせるために、一から出直しだそうです」

「よいはなしを聞いたな」

ほっと、安堵《あんど》の溜息を吐く。

刹那、くいっと竿に当たりがきた。

浮子《うき》が沈み、糸が斜めにぴんと張る。

「平手さま、食いましたぞ」

「よし、たもを頼む」

「はい」

たもを持って身構える甚六が、心の底から頼もしくみえる。

例繰方に留《とど》まっておれば、よい相棒になったかもしれない。

詮無《せんな》いことを脳裏に描きつつ、又兵衛は両手で竿を握って踏んばった。

駱駝《らくだ》の瘤《こぶ》

一

屋台で食べる蕎麦《そば》二杯ぶんの三十二文を払えば、駱駝《らくだ》なる珍獣を観ることができる。

静香がどうしても観たいと言うので、又兵衛は両国広小路《りょうごくひろこうじ》までやってきた。弥生《やよい》清明《せいめい》、墨堤《ぼくてい》の桜はまだ三分咲きほどであろうか。「桜よりも駱駝」と人々は口々に言い、広小路は黒山の人集《ひとだか》りになっている。

「観るのもひと苦労だな」

人垣を掻《か》き分けても、容易に前方へ進むことができない。壁となって立ちふさがる見物人の向こうに、毛むくじゃらで茶色い獣《けもの》の顔がどうにかみえた。

「あれが駱駝か」

ほとんど動かず、大きな口の先端をもぞもぞ動かしている。

「眠たそうな面《つら》をしておるな」

おとなしい性分らしい。駱駝は二頭おり、和蘭陀《オランダ》船《せん》で長崎《ながさき》に連れてこられたのち、大坂や京などを経由して東海道《とうかいどう》をのんびり下ってきた。連れてきた和蘭陀商人は公儀に献上する腹積もりでいたが、体《てい》よく断られたため、見世物興行に打ってでたという。それが各所で大当たりとなり、江戸でも連日の賑《にぎ》わいをみせているのである。

鮨詰《すしづ》めで息苦しくなったので、駱駝の全身を観ずに踵《きびす》を返した。

「顔を目にできただけでも満足にございます」

静香は殊勝《しゆしよう》な台詞《せりふ》を吐いたが、ほんとうは背中に連《つら》なったふたつの瘤《こぶ》を観たかったにちがいない。

駱駝は大きな瘤を持っているおかげで、草木の生《は》えていない砂丘を飲まず食わずで何日も歩きつづけることができる。そうした特徴と仙人のごとき風貌とが相《あい》俟《ま》って、神聖な獣とみなされており、瘤に触れれば痛みや病《やまい》がたちどころに治るという噂《うわさ》を信じる者さえあった。

帰路は横山町の裏道をたどったが、途中の辻《つじ》で膏薬《こうやく》売りに出会《でくわ》した。

「これに取りいだしたる白い膏《あぶら》、そんじょそこらの膏薬ではございませぬ。顔に塗れば三日で皺《しわ》は消え、七十五日は若返る。初茄子《はつなす》も真っ青の効き目にござ候《そうろう》」

丸顔に引目鉤鼻《ひきめかぎばな》、歌舞伎《かぶき》役者のような面《つら》つきの男が、鼻の脇の大きな黒子《ほくろ》をひくつかせながら喋《しゃべ》っている。いかにも怪《あや》しげな口上だが、けっこうな数の野次馬《やじうま》が素通りもせずに聞き耳を立てていた。

静香も足を止める。

「又兵衛さま、ほらあれ」

「おっ」

膏薬売りのかたわらに置かれた木箱には、金釘流《かなくぎりゅう》の文字で「らくだ」と書かれてあった。

「もしや、それは駱駝の膏《あぶら》か」

野次馬のひとりが大声で尋ねると、膏薬売りはわざとらしく声をひそめる。

「じつは、そのとおりにございます。紅毛人《こうもうじん》を助けた縁から、瘤から滲《にじ》みだした貴重な膏を少しばかり分けていただきました。ここだけのはなし、海の向こうでは若返って色白になる膏薬として、大金持ちだけが使っておるのだとか。ほれこのとおり、三ノ輪《みのわ》にある薬王寺《やくおうじ》の御墨《おすみ》付きもございます」

膏薬売りは黄ばんだ御札をひらひらさせてみせた。

「お信じいただける方には、ひと匙《さじ》五十文でお譲りいたしましょう。貝殻《かいがら》に詰めた贈答品ならば一朱。数にかぎりがござりますので、早い者勝ちとさせていただきまする」

「買った」

と、さきほどの野次馬が手をあげる。

「貝殻をふたつくれ」

気前よく二朱払い、紅色《べにいろ》に塗られた貝殻をふたつ貰《もら》った。

あきらかに、客を煽《あお》る役目のさくらであろう。

それと知らぬ連中が「おれもわたしも」と小粒を差しだした。

又兵衛は後方から一歩踏みだし、小粒の代わりに朱房《しゅぶさ》の十手を翳《かざ》す。

「ひぇっ」

黒子の男は絞《し》められた鶏《にわとり》のような声を出し、木箱を抱えてすたこら逃げだした。

置いてけぼりにされた野次馬たちに睨《にら》まれつつも、又兵衛は素知らぬ顔でその場を離れていく。

「なかなかの名調子。口上を聞けば、買いたくなるかもしれませんね」

と、静香が笑った。

小悪党の便乗商法にちがいなかろうが、目の付け所は悪くない。何ひとつ根拠はないものの、駱駝の瘤からは良質な膏《あぶら》が採取できそうな気もするからだ。

八丁堀の屋敷に戻ると、ふたりの老婆が縁側に座って茶を呑《の》んでいた。

ひとりは義母の亀、隣に座る鶴《つる》という老婆は内与力沢尻玄蕃の義母にほかならない。ふたりはひょんな縁で知りあい、意気投合して以来、おたがいの家を行き来するほどの仲になった。

「お帰りなされませ」

亀が茶碗を置き、妙に艶《つや》めいた顔を向けてくる。

「駱駝はいかがでしたか」

「間抜けな面をしておりました」

「まあ、鹿のごとき神さまの使わしめと伺《うかが》ったのに」

「誰がさようなことを」

「こちらの鶴どのです。お土産《みやげ》に貴重なものをいただいたのですよ」

そう言って、亀は紅色に塗られた貝殻を袖口《そでぐち》から取りだす。

「げっ、それはもしや」

「ご存じでしたか」

又兵衛の反応をみて、すかさず鶴のほうが口を挟んだ。

「駱駝の瘤から作った膏薬ですよ。一度塗っただけで皺が三本消え、七十五日は若返るそうです」

貝殻ひとつに二朱払ったと聞き、又兵衛は二《に》の句《く》が接《つ》げなくなった。

小悪党に騙《だま》されたのだと断じたところで、誰ひとり幸せにはならない。

紛《まが》い物でも信じた者は救われる。若返りたいと願う気持ちに金を払ったとあきらめるしかなかろう。

「初茄子よりも効き目はござります。嘘《うそ》だとお思いなら、塗ってさしあげましょうか。肌がつるつるいたしますよ」

「ほほ、鶴どのだけにつるつる」

つまらぬ亀の駄洒落《だじゃれ》を聞き、鶴はけらけら笑う。

静香は後ろで苦笑するしかない。

又兵衛は尋ねるだけ尋ねてみた。

「鶴さま、その膏薬売り、鼻の脇に黒子がありませんでしたか」

「ござりましたよ。騙されても仕方ないとおなごにおもわせるような、引目鉤鼻の優男《やさおとこ》でしたね。しかも、薬王寺の御墨付きがあると聞いたら、買わぬわけにはまいりますまい」

未通娘《おとめ》のように頬《ほお》を染めるので、目のやりどころに困ってしまう。

三ノ輪の薬王寺は天台宗《てんだいしゅう》の寺、長寿や病快癒《やまいかいゆ》にご利益《りやく》があることで知られているものの、正直なところ府内一円に名が轟《とどろ》いているほどでもなく、辻売《つじう》りの膏薬に大枚《たいまい》を叩《はた》こうと決断させるほどの力が御札にあるとはおもえない。

ただ、鶴は「買わぬわけにはいかぬ」と言っているので、それなりの効力は発揮したのだろう。

一方、亀は鶴のことばを真《ま》に受け、一片の疑いも抱いていない様子だった。

「いつものことだ」

奥の部屋で着替えを済ませると、静香が溜息《ためいき》を吐《つ》きながら喋りかけてきた。

「あんな母で申し訳ござりませぬ。耳に心地よいはなしに、ころりと騙されてしまうのです」

「何でも疑ってかかるより、騙されやすいほうが幸せかもしれぬ。義母上《ははうえ》は大らかな性分をしておられるのだ」

亀は鶴と知りあってから、本来の陽気さを取りもどした。恐い物知らずの鶴は、何かと厄介事《やっかいごと》を持ちこんでくる。かえってそれが亀にとっては刺激になっているのか、以前よりも若やいでみえた。

「今が幸せならそれでよい……」

零落《れいらく》した大身《たいしん》旗本の妻女《さいじょ》として苦労を重ねてきた亀だけに、少しでも楽しく暮らしてもらえたら御《おん》の字《じ》ではないか。

「……それにしても、あの膏薬売りめ」

引目鉤鼻の顔を見掛けたら縄を打たねばなるまいと、又兵衛は胸中につぶやいた。

二

駱駝の見世物は好評を博したものの、桜が七分咲きになる頃には何処《どこ》かに去った。

齢《よわい》十二、三の町娘が三人もたてつづけにすがたを消したのは、駱駝が去った直後のことである。世間では「神隠し」と噂されたが、幕初からの類例《るいれい》を記憶に留《とど》めている又兵衛は拐《かどわ》かしにちがいないとおもった。

悪党に拐かされた娘はたいてい、街道沿いの岡場所などへ売り飛ばされる。何年も経過したのちにみつかることも稀《まれ》にはあった。辻斬《つじぎ》りといっしょで、下手人《げしゅにん》はほとんど捕まらない。町奉行所のほうでも探索が難航するとわかっているので、調べているふりをするだけで重い腰をあげようともせず、娘の縁者は不運を嘆《なげ》くしかなかった。

調べは外廻りや吟味方の役目なので、内勤の例繰方が敢《あ》えて動く必要もない。にもかかわらず、又兵衛が悲運な目に遭《あ》った鎌倉河岸《かまくらがし》の商家へ足を向けたのは、亀から「事情を探っていただけまいか」と頼まれたからだ。

消えた町娘のひとりは、義父の主税が小十人頭だった当時、駿河台《するがだい》の御屋敷に出入りしていた酒屋の娘だった。

「三河屋《みかわや》だったな」

白酒を売る豊島屋《としまや》の脇から裏道をたどれば、出世不動《しゅっせふどう》のかたわらにうだつの高い建物がみえてくる。

高い塀越《へいご》しに、枝振りのよい桜が覗《のぞ》いていた。

本来なら美しい桜が、どことなく淋しげにみえる。

数日前まで娘が愛《め》でていたとおもえば、捨てておけない気持ちになった。

だが、あくまでも又兵衛は亀に頼まれてやってきたにすぎない。この一件に深入りする格別な理由があるわけでもなかった。

ほっと溜息を吐き、敷居をまたいでみる。

店の内は薄暗く、通夜のような雰囲気だ。

手代や丁稚《でっち》もおらず、内証《ないしょう》には番頭も座っていない。

「誰かおらぬか」

上《あ》がり端《ばな》の手前で声を張ると、目の下に隈《くま》をつくった小太りの五十男が奥から顔を出した。

「主人か」

「へえ、三河屋幸右衛門《こうえもん》にござります。何かご用で」

「消えた娘のことでまいった。はなしを聞かせてもらえぬか」

「町奉行所のお役人さまには、知っていることのすべてをおはなしいたしました」

「それで、何と言われた」

「神隠しならば、捜しようがないと」

応じたのは、地元の岡っ引きが連れてきた廻り方の同心であろう。最初から捜す気が無いから、神隠しという重宝な台詞を口走ったのだ。

「い、おこうがおらぬようになって、五日が経《た》ちました。呉服橋御門《ごふくばしごもん》内の北町奉行所には日参し、娘を捜してほしいと地べたに両手をついて頼んでおります。されど、いまだ手掛かりすらもみつかっておりませぬ」

最初に店へやってきたのは、北町奉行所の定廻りであった。一方、北町奉行所の応対役は訴人《そにん》受付の若い当番与力で、いずれもまともに動く気がないことは容易に察せられた。

町娘が三人も行方知れずになれば、市井《しせい》の人々は不安を募《つの》らせる。町奉行所あげて取り組まねばならぬ大事なのに、そうなってはいない。拐かしとなれば、ただでさえ重い役人の腰はいっそう重くなる。娘を失いかけている主人はそれをわかっておらず、町奉行所の探索に望みをかけるしかないのだ。

「この五日、手前と内儀《ないぎ》は一睡もしておりませぬ。一人娘のおこうが戻ってこぬようなら、夫婦で首を縊《くく》るしかありませぬ」

商売もしておらず、奉公人たちには暇《ひま》を出したという。

「さようか」

両親は相当に追いつめられている。気軽に亀の頼みを引きうけねばよかったと、又兵衛は今さらながらに悔《く》やんだ。

「わしは平手又兵衛、南町奉行所の例繰方をつとめておる」

「例繰方の平手又兵衛さま」

「本来であれば、吟味方が調べねばならぬところだが、ちと義母に頼まれてな。都築《つづき》主税という名に聞きおぼえはないか」

「都築さまなら、以前、たいへんお世話になりました。改易《かいえき》になられたと聞いたときは驚きましたし、御屋敷をあとになされてからはどうしておられるのか、秘《ひそ》かに案じておりました」

「娘の静香がわしのもとに嫁《とつ》いでな、ご両親も今は八丁堀の屋敷で暮らしておる」

「さようにござりましたか。それはそれは」

ほっと胸を撫《な》でおろし、主人はわずかに相好《そうごう》を崩す。

又兵衛はことばを接《つ》いだ。

「義母はおぬしのことを案じ、わしをここへ寄こしたのだ」

「都築さまの奥方さまが……い、いつもよくしていただきました……て、手前なんぞのことを、おぼえていてくださったのですね」

主人は涙声になり、嗚咽《おえつ》を漏らす。

又兵衛は上がり端に片膝《かたひざ》をつき、俯《うつむ》いた主人の肩をさすってやった。

「神隠しなどではない。おぬしの娘は何者かに拐かされたのだ。何でもよいから、気づいたことを教えてくれぬか」

「……は、はい」

娘のおこうは両国広小路へ駱駝見物に出掛け、その帰り道で何処かに消えた。付き添いの丁稚によれば、消えたのは横山町の裏道辺りであったという。

「膏薬売りの口上が気になって、丁稚が少し目を離した隙《すき》に」

煙のように消えてしまったらしい。

「膏薬売りか」

又兵衛は眉根《まゆね》を寄せる。

「丁稚がこれを携《たずさ》えておりました」

主人の幸右衛門が袖口から差しだしたのは、薬王寺の黄ばんだ御札であった。

紛《まぎ》れもなく、又兵衛も目にした御札にちがいない。

「その膏薬売り、引目《ひきめ》鉤鼻《かぎばな》の優男ではなかったか」

「仰《おお》せのとおりにござります」

「ふん、あやつめ」

拐かしに関わっているかどうかは判然とせぬが、膏薬売り以外に端緒《たんしょ》らしきものはない。

「望みを捨てるでないぞ」

とだけ言い残し、又兵衛は三河屋をあとにするしかなかった。

それから夕陽がかたむくまでの一刻（約二時間）余り、両国広小路の周辺を隈《くま》無《な》く歩きまわり、膏薬売りを捜した。だが、みつけることはできず、又兵衛は上《うえ》野《の》の山下《やました》から下谷通りをたどって、三ノ輪へ足を延ばしたのである。

三

三ノ輪でよく知られているのは投込寺《なげこみでら》の異名で呼ばれる浄閑寺《じょうかんじ》だが、薬王寺は浄閑寺の二町ほど手前の街道沿いに建っていた。

山門《さんもん》は東向きなのに、御堂《みどう》に安置された地蔵菩薩《じぞうぼさつ》は西側の旧道に顔を向けている。それゆえ、背面地蔵《うしろむきじぞう》と名付けられた地蔵菩薩は地元ではありがたく奉《ほう》じられているが、府内には知らぬ者も多い。

又兵衛も山門を潜《くぐ》るのは初めてだ。

——ごおん。

参道《さんどう》を歩いていると、背後から暮《く》れ六《む》つ（午後六時頃）を報《しら》せる鐘音《かねおと》が聞こえてきた。

寛永寺《かんえいじ》山内の時鐘《ときのかね》であろう。時鐘は府内で九箇所と定められているので、九箇所以外の寺領内でみだりに鐘を撞《つ》いてはならない。ただし、多くの寺には鐘撞《かねつき》堂《どう》があり、薬王寺も例外ではなかった。

そちらへ目をやれば、寺男らしき人物が鐘を撞こうとしている。

止めさせるべく小走りに身を寄せると、男は寛永寺山内の鐘音に合わせ、鐘を撞くまねだけをしてみせた。

近づいて横顔を覗けば、鉤鼻の脇に大きな黒子がある。

「あっ」

驚いて声をあげると、男も驚いて尻餅《しりもち》をついた。

偽《にせ》の膏薬売りにちがいない。

「ご勘弁を。鐘を撞く気はございません」

男は座ったまま、泣き顔で言い訳をする。

逃げられるとまずいので、又兵衛は叱責《しっせき》のことばを呑みこんだ。

「撞くまねだけか」

「はい」

「何故《なにゆえ》、さようなまねをしておるのだ」

冷静を装《よそお》って尋ねると、男は頭を掻きながら応じた。

「まねでもよいから鐘を撞けば、撞くたびに罪業《ざいごう》がひとつずつ消えると、和尚《おしょう》さまが仰《おつしゃ》いました」

「消したい罪業があるのか」

「はい」

「たとえば、どのような」

「どのようなと聞かれても」

「言えぬと申すのか。その程度の気構えでは、いくら鐘を撞いたところで罪業は消えぬぞ」

「されど、そちらさまはお役人とお見受けしました。罪業を口にすれば、縄をお打ちになるやもしれませぬ」

「安心いたせ。ここは寺領ゆえ、不浄《ふじよう》役人の手はおよばぬ」

「もしや、町奉行所のお役人さまで」

「ああ、そうだ。寺領内では何の力もない。背面地蔵尊《うしろむきじぞうそん》のごとく、おぬしのことばは背中で受けとめておくだけにいたそう」

「まことに」

「信じよ。縄も打たぬし、叱責もせぬ」

　正直に喋ったら赦《ゆる》してやろうと、又兵衛は本気でおもっていた。

　鐘を撞こうとする男の顔が、真剣そのものに感じられたからだ。

「おぬし、名は」

「だ、だ、だんまりの左金次《さきんじ》と申します」

「だんまり」

　そもそもは、緞帳《どんちょう》芝居の旅廻《たびまわ》り一座に属していた役者だったという。「だんまり」とは暗闇で演じられる芝居のことで、以前に好評を博したことから付けられた綽名《あだな》らしかった。

　わざわざ「だんまりの」と付けて名乗ったのは、全国津々浦々《つつうらうら》の舞台で培《つちか》った矜持《きょうじ》の欠片《かけら》がいまだに残っているからだろう。

「さあ、何もかも吐いてみよ」

　親しみを込めて促《うなが》すと、左金次はぼそぼそ喋りはじめた。

「孤児ゆえに、ひもじいおもいをしてまいりました。ほとけさまの供物《くもつ》を盗んで食べ、みつかって寺の神木《しんぼく》に吊るされたことも一度ならずございます。湯屋で着物を盗んだときは、顔じゅうに煤《すす》を塗りたくられました。野田博打《のでんばくち》で盗んだ浪人の刀を腰に差し、粋《いき》がって市中を闊歩《かっぽ》したこともございます。嫁ぎ先の決まっていた娘と不義を重ねたこともあれば、武家の妻女に頼まれて国境《くにざかい》の口留番所《くちどめばんしょ》を忍び通ったこともございました」

つらつらと並べられた罪には、各々《おのおの》、御定書百箇条のなかで事細かに刑罰が定められている。

湯屋で着物を盗んだ者は五十敲《たた》きの刑になり、嫁ぎ先の決まった娘と不義におよべば江戸大坂十里四方追放などの軽追放《けいついほう》、女をともなって口留番所を忍び通ればそれより一段重い中追放《ちゅうついほう》となる。侍でもないのに刀を帯《お》びて市中を歩けばこちらも中追放となり、野田賭博《のでんとばく》に興《きょう》じたことがわかれば東は伊豆七島《いずしちとう》、西は壱岐《いき》や天草五島《あまくさごとう》などへの遠島《えんとう》が科されるだろう。

なお、盗んだ刀が質屋で十両以上の値がつけば、即刻、打ち首である。本人の口書《くちがき》が得られれば罪状は確定するので、すべての罪を合わせれば、いずれにしろ斬首は免《まぬが》れまい。

それでも、又兵衛は黙ってはなしを聞いた。最初から罰する気はない。正直に罪業を吐きだす小悪党の潔《いさぎよ》さに、感銘《かんめい》すら受けていた。

ただ、もっとも知りたい罪がまだ残っている。

「それだけか。ほかには」

「ございます。大事な罪を忘れておりました」

「喋ってみろ」

「はい。このお江戸で、虎杖《いたどり》の汁を売りさばきました」

「虎杖とな」

その辺りに生えた雑草のことで、独活《うど》のような若芽《わかめ》は食べられる。繁殖力が旺盛で、固い築地塀《ついじべい》でも突きやぶって芽を出した。

「茎《くき》の皮を剝《は》いで囓《かじ》れば、酸っぱい味がいたします」

「たしか、血止めの薬効《やっこう》があったな」

血止めだけではない。葉を揉《も》んで打ち身などに貼ると痛みが除かれることから「痛みどり」と称され、それが名の由来とも言われていた。

「仰せのとおり、生薬《きぐすり》にも使われる汁にございますが、それを駱駝の瘤《こぶ》から採《と》った膏《あぶら》と偽《いつわ》り、辻で売りさばきました」

「いくら儲《もう》けた」

「五両ほどになりましょうか。されど、屋台で蕎麦を二杯食っただけで、残りはすべて薬王寺に寄進《きしん》いたしました」

寄進した見返りに、和尚のありがたい説法《せっぽう》を拝聴《はいちょう》でき、寺男のまねごとをしても許されているという。

「お信じいただけましょうか。わたしの願いはただひとつ、おきみと申す娘を捜しだすことにござります」

「どういうことだ」

おきみとは、一年前に京の島原遊廓《しまばらゆうかく》から足抜けした遊女のことらしい。

「大人びてみえましたが、年は十四になったばかりで。島原で初めて取らされた客というのが、このわたしにござりました」

なけなしの金を払って遊廓の客となった左金次は、おきみから不幸な生《お》いたちを聞かされ、情に絆《ほだ》されてしまった。気づいてみると、手に手を取りあって廓《くるわ》の外へ逃れていたのだという。

「廓抜《くるわぬ》けを手伝ったのか」

「はい。会所の強面《こわもて》連中にみつかれば、耳や鼻を削《そ》ぎ落とされると知ったのは、ずいぶんあとのことにござります。座長には内緒で、おきみを一座に潜《もぐ》りこませました。されど、旅の途中で素姓《すじょう》がばれてしまい、座長はおきみを女衒《ぜげん》に売ったのです」

座長と喧嘩《けんか》をして一座を離れ、か細い伝手《つて》をたどって江戸へたどりついた。

「おきみはまちがいなく、何処《どこ》かの岡場所にいるはずです」

「そうはいってもなあ」

岡場所の女郎屋はあまりに数が多すぎて、不浄役人でも捜しようがない。

左金次も難しいことはわかっているが、あきらめる気は毛ほどもないという。

「おきみをみつけたら身請《みう》けし、いっしょになろうとおもっております」

「身請け代はどうするのだ」

「駱駝の瘤の膏《あぶら》を売って稼ごうかと」

「おいおい、罪を悔いたのではないのか」

「虎杖《いたどり》ではありません。本物の膏を売るのでございます」

「駱駝の膏をか。いったい、どうやって手に入れるのだ」

「じつは、小田原《おだわら》から数日のあいだ、見世物の興行を手伝っておりました」

「まことか」

「はい。駱駝に餌《えさ》をやったり、糞《ふん》の始末をしたり、ほとんど寝ずに雑用をやらされました」

そのときに知りあった女衒の居場所を聞いているので、訪ねて頼むつもりだと胸を張る。

又兵衛は眸子《まなこ》を光らせた。

「世話になった相手は、女衒なのか」

「数珠六《じゆずろく》という通り名しか知りません。何年も前に女衒は止めたと言ってましたが、紅毛人の旦那からは『ゼゲン』と呼ばれておりました」

「紅毛人の旦那とは、駱駝を連れてきた和蘭陀商人のことか」

「はい。ヤン・ボルステンさまと仰います。『親方』と呼ばれる日本人の束《たば》ね役は、スッテンテンのヤンと陰口を叩いておりました」

「日本人の束ね役がおるのか」

「スッテンテンの旦那から命じられ、興行を仕切っておりました。もとは通詞《つうじ》だったそうですが、まことかどうかはわかりません」

強面の四十男で、破落戸《ごろつき》の兄貴分にしかみえないという。

ともあれ、和蘭陀商人の一行は駱駝興行で潤《うるお》っているとおもったが、じつはいつも金欠だったらしかった。

興行先の遊女屋を貸し切りにしては、稼いだ金を派手に使っていたからだ。

「金のためなら何でもすると、あるとき、スッテンテンの旦那は眸子《まなこ》を光らせました。何せ、化け物のごとき顔とからだの持ち主ゆえ、取って食われるかとおもったほどで」

左金次は恐ろしくなり、隙を盗んで一行から離れたという。

金に困った紅毛人の大男といい、興行を手伝っているらしき元通詞や女衒といい、駱駝興行の一行が怪しげな連中であることは想像に難《かた》くない。

しばらくは左金次と付きあってみようと、又兵衛はおもった。

四

数珠六という元女衒は、下駒込村《しもこまごめむら》のとっぱずれに住んでいるという。

桜で有名な吉祥寺《きっしょうじ》の裏手にあたり、さっそく足を延ばしてみると、田畑に囲まれたなかに鷹匠屋敷《たかじょうやしき》があった。月明かりを頼りに屋敷の番人を訪ね、数珠六が依拠《いきょ》しているらしい襤褸小屋《ぼろごや》を教えてもらい、さっそく踏みこんではみたものの、蛻《もぬけ》の殻《から》で人の気配はない。

「おらぬな」

肩を落としながらも狭い板間をみまわし、又兵衛は妙なものをみつけた。

片隅に置かれた行李《こうり》のうえに、簪《かんざし》が十数本もきれいに並べてあったのだ。

「戦利品でしょうかね」

ぽろりと、左金次がこぼした。

なるほど、そうかもしれない。数珠六は拐《かどわ》かした娘たちの簪を蒐集《しゅうしゅう》していた。売ろうとおもったのか、それとも簪を集める癖《へき》でもあるのか、いずれにしろ、大事な戦利品を置いていったということは、戻ってくる公算が大きい。

夜更《よふ》けまで待ってみたが、数珠六は戻ってこなかった。仕方なくあきらめ、簪を束《たば》にして懐中に仕舞《しま》うと、左金次ともども小屋をあとにした。

翌朝は眠い目を擦《こす》って数寄屋橋御門内の町奉行所に出仕《しゅっし》し、夕方まで類例調べと書面作りに勤《いそ》しんだ。机のうえを片付けて帰ろうと腰を持ちあげたところで、部屋頭《へやがしら》の中村角馬が愛想《あいそ》笑いを浮かべながらやってくる。

「平手どの、ちと頼まれてくれぬか」

苗字《みょうじ》に「どの」を付けた。嫌な予感がする。

「今宵《こよい》、池之端七軒町《いけのはたしちけんちょう》で警動《けいどう》があるそうな。例繰方からも与力一名と同心二、三名を出してほしいと、吟味方から懇願《こんがん》されてな」

懇願されたのではなく、鬼与力の永倉左近《ながくらさこん》から恫喝《どうかつ》されたのだろう。

「三日前から妻が患《わずら》っておるのよ。早う帰って看病してやらねばならぬ。女房持ちのおぬしなら、わかるであろう。弱っているときにそばにいてやれば、あとあと何かと都合がよい。夫婦円満の秘訣というわけさ。のう、よろしく頼む」

信頼できる部屋頭なら、面倒事を引きうけるのは吝《やぶさ》かでない。だが、上役の顔色しか窺《うかが》わぬ平目《ひらめ》のような男に頭をさげられても、むかっ腹が立つだけのはなしだ。無論、町娘が拐かされた一件について相談する気にもならない。

又兵衛の返事も聞かず、中村はそそくさと御用部屋から出ていった。

入れ替わりに、吟味方の生意気そうな与力がやってくる。

「お手伝いいただくのは、平手どので」

「おぬしは」

「お忘れですか。戸根誠四郎《とねせいしろう》にござる」

奉行所内で顔は見掛けていても、新米与力の名まではおぼえていない。最初からおぼえる気がないのだ。

戸根は自慢でもしたいのか、濡《ぬ》れ鴉色《がらすいろ》に艶《つや》めいた立派な髷《まげ》を撫でた。

「父親譲りの鶏冠髷《とさかまげ》にござるよ」

「ふうん」

「行き先は池之端七軒町の岡場所でござる。今宵は筆頭与力の永倉さまはお越しになりませぬ。指揮はそれがしが執《と》り申す」

「あ、そう」

と、気のない返事を送る。

新米に指揮を執らせる手入れとなれば、本腰を入れたものではなかろう。かたちだけのものにちがいないが、そんな手入れに駆りだされるほうはたまったものではない。

「捕《と》り方装束《かたしょうぞく》で後詰めをお願いします」

戸根は偉そうに言い、鶏冠髷を撫でながら去った。

挨拶《あいさつ》にきただけでも、まだましとおもうしかなかろう。

嫌がる同心二名を選んで指示を出し、捕り方装束に着替えてじっと待機する。

陽が落ちてから御用部屋も奉行所も抜けだし、門前の水茶屋へ足を向けた。

「あっ、ちょうどよいところに来られた」

赤い毛氈《もうせん》に座って味噌《みそ》蒟蒻《こんにゃく》を食っていたのは、定廻りの「でえご」こと桑山大悟である。

かたわらには小者の甚太郎が座り、女房にしたおちよの髷に簪を取っ替え引っ替え挿《さ》してやっていた。

又兵衛は恐い顔で睨みつける。

「甚太郎、何をしておる。それは女衒の集めた簪であろう」

「盗むわけでもなし、いいじゃありやせんか。おちよにゃどれが似合うのか、試しているだけなんですから」

「困ったやつだな。ところで、でえご、おぬしのほうはどうであった」

ふいに顔を向けると、でえごは喉《のど》に蒟蒻を詰まらせる。

「げほげほ、ぐえほっ……」

甚太郎に背中を叩いてもらい、どうにか事なきを得た。

「……いやあ、まいりましたな。平手さまのご推察、見事に当たりましてござる」

「お、そうか」

「ええ、神隠しに遭《あ》ったとされる三河屋の娘、消えた日に挿していたのがその、珊瑚玉《さんごだま》の簪にござりました」

でえごがおちよの髷に目をくれるや、甚太郎が急いで簪を引き抜いた。

「縁起が悪いな。それならそうと、早く言ってくだせえよ」

「珊瑚玉だけではありませぬぞ。そちらの花簪《はなかんざし》とびらびら簪も、消えた娘たちの持ち物でした。親には戻してほしいと泣かれて往生《おうじよう》しましたが、大事な証拠の品だからと拒《こば》んでまいった次第で。三河屋なんぞは、いったい何処でみつけたのかと、鬼の形相《ぎょうそう》で食いさがってまいりましてな。あとで教えるから待ってお れとことばを濁《にご》し、逃げるように去るしかありませんでした」

「ご苦労であったな。味噌蒟蒻の代金はわしが払おう」

「はあ、どうも」

間抜け同心は当然のような顔で、おちよに味噌蒟蒻のお代わりを注文する。

「ところで、そのご装束は」

「警動の助っ人さ」

「ご苦労さまにござります」

「池之端七軒町の岡場所だ。おぬしは来ぬのか」

「行きたいのは山々ですが、何かと忙しい身でして」

「気軽でよいな、定廻りは」

「へへ、まあ、気軽なのが取《と》り柄《え》でして」

でえごは鼻の穴を穿《ほじく》り、おちよが持ってきた味噌蒟蒻を頬張《ほおば》る。

「平手さま、それにしても、何処でこれらの簪を手に入れたのですか」

「おぬしに言うてもはじまらぬが、手伝うなら教えてもよい」

「されば、お教えいただかなくてもけっこうです」

暢気《のんき》に蒟蒻を頬張る定廻りの頭を、ぺしっと叩いてやりたくなった。

いずれにしろ、数珠六がこたびの拐かしに関わっていることはあきらかだ。

紅毛人に率《ひき》いられた駱駝興行の一行も関わっているとしたら、日《ひ》の本《もと》だけに留まらぬ一大事に発展せぬともかぎらない。

警動の助っ人どころではないな。

又兵衛はめずらしく、焦《あせ》りを募《つの》らせていた。

五

徳川家と縁《ゆかり》の深い根津権現《ねづごんげん》の近くには、門前町《もんぜんちょう》、宮永町《みやながちょう》、池之端七軒町とつづく表通り沿いに府内でも有数の岡場所があった。

門前通りには引手茶屋《ひきてぢゃや》が軒《のき》を並べ、惣門《そうもん》内では吉原《よしわら》の花魁道中《おいらんどうちゅう》をまねた遊女の練り歩きなどもおこなわれる。裏通りには置屋《おきや》もあり、芸者や幇間《ほうかん》を呼ぶこともできる。何でも揃《そろ》っているわりには遊び代が安くて気取っておらず、侍も町人も気軽な調子で遊びにやってきた。

客のなかでも目立つのは職人たちで、根津は職人たちが垢《あか》を落とすさきと目されており、気の荒い連中が大酒を喰《くら》って喧嘩する光景も風物詩となっている。

そうした場所に捕り方が殺到すれば、反感を買うのは目に見えていた。

なれど、月に数千両の冥加金《みようがきん》を納める吉原遊廓の会所から「取り締まってほしい」と頼まれれば、町奉行所としても動かざるを得ない。とりあえずは手入れをやったという体裁《ていさい》だけは繕《つくろ》うべく、捕り方も頭数だけは集められていた。

集まった連中は誰もが、適当にやったふりをすればよいものと理解している。

理解していないのは、ひとりだけ気負《さず》った風情《ふぜい》の新米与力であった。

鬼与力の永倉左近が何故に指揮を授けたのか、首を捻《ひね》りたくなってくる。戸根の親が公儀のお偉方で、子息に手柄をあげさせてほしいと強引に頼んだとしかおもえない。おそらく、そうなのであろう。若造の素姓に興味はないが、厄介事に巻きこまれるのだけは御免蒙《ごめんこうむ》りたかった。

「刃向かう者あらば縄を打て。腕の一本くらいは叩き折ってもかまわぬぞ」

戸根誠四郎は威勢のよい台詞を吐き、無数の龕灯《がんどう》で通りの暗闇を照らしださせる。

捕り方を差しむけるにしても、長屋仕立ての四六見世《しろくみせ》あたりにしておけばよいのに、賑やかな三味線《しやみせん》の音色《ねいろ》や芸者たちの嬌声《きようせい》が聞こえる二階建ての茶屋に狙いを定めたようだった。
「やめておけ」
と、意見したところで、聞く耳は持つまい。
いくら年上でも、指揮を任された者の指図に逆らうことは許されぬ。
「南町奉行所与力、戸根誠四郎である。これより手入れをいたすゆえ、茶屋にお
る者どもは神妙にいたせ」
よく通る声であった。
賑やかな茶屋はしんと静まり、すぐさま、上を下への大騒ぎとなった。
「うおおお」
興奮した戸根はみずから表戸を蹴破り、獣のように吠《ほ》えながら突入していく。
同心や小者たちが、慌《あわ》てた様子であとにつづいた。
そうした光景を、又兵衛は遠くから眺《なが》めるしかない。
やがて、通りに並ぶ見世《みせ》という見世から客や女郎が飛びだしてきた。
なかには二階の屋根から飛び降りる者もおり、髪を乱した女郎たちも裾《すそ》をたく
しあげている。無茶をしてでも逃げたいのだ。無理もない。警動で捕まれば奴《やっこ》
刑《けい》を科され、吉原遊廓で三年も無報酬でこき使われる運命が待っている。

捕り方どもは怒声《どせい》や悲鳴に煽られ、三つ道具や梯子《はしご》まで繰りだそうとしていた。半裸で逃げまわる者たちのなかには、月代侍《さかやきざむらい》も見受けられる。そばには大名屋敷が多いので、勤番侍《きんばんざむらい》も交《ま》じっているはずだ。刀を抜いて暴れられたら、死傷者すら出かねない。

このままでは収拾がつかなくなる予感がはたらいたので、又兵衛は持ち場を離れて戸根のもとへ走った。

騒然となった茶屋へ躍《おど》りこみ、小者の首根っこを摑《つか》んで戸根の居場所を質《ただ》す。

「二階にございます。戸根さまは二階に」

目を向ければ、奥の大階段から同心や小者が転がり落ちてきた。

「化け物にござる、二階に化け物がおりまする」

どうやら、手に負えぬ客が大広間で暴れているらしい。

又兵衛は刀の柄《つか》に手を添え、慎重に階段をのぼっていった。

廊下の其処此処《そここ》には捕り方や奉公人たちが倒れており、奥の大広間からは新たな怪我人《けがにん》が転がりでてくる。

「おのれ」

又兵衛は刀を抜いた。

刃引刀《はびきとう》ゆえに輝きはないが、相手が誰であろうと制する自信はある。

「ひぇっ」

悲鳴とともに、芸者がひとり転がりでてきた。

したたかに撲《なぐ》られたのか、顔の半分がひしゃげている。

腕を取って廊下に引きずりだし、小者たちを呼びつけた。

「誰か、この者の手当てを」

又兵衛は指図すると、みずからは大広間に踏みこんでいった。

「がはは、ざまあみろ」

半ば開いた襖《ふすま》の向こうに、大笑する大男の影がちらついている。

はっきりとはみえぬが、鷲摑《わしづか》みにしているのは誰かの髷であろうか。

「あっ」

摑んでいるのは、鶏冠髷《とさかまげ》であった。

畳を引きずりまわされているのは、戸根誠四郎にほかならない。

「ぶちっ」

鈍《にぶ》い音がして、戸根は自慢の鶏冠髷を引きちぎられた。

月代を真っ赤な血で染めても、気を失ったままでいる。

よくみれば、片方の眼球が飛びだしていた。

もはや、死なずにいてくれることを祈るしかない。

「ぬうっ」

又兵衛は低い姿勢で駆けだし、襖の隙間《すきま》を擦《す》りぬけた。

「くわっ」

眼前に迫ってきたのは、天井に頭が届きそうな大男である。

肩まで伸びた頭髪は赤く、上気《じようき》した鬼のごとき面相《めんそう》も朱《しゆ》に染まっていた。

「……こ、紅毛人か」

吐きすてたところへ、丸太のような腕が襲いかかる。

――ばこっ。

頬桁《ほおげた》を撲られ、脇の壁に身ごと吹っ飛ばされた。

激突した瞬間、頭のなかが真っ白になる。

「雑魚《ざこ》役人め」

八《や》つ手《で》のごとき手で胸倉を摑まれ、天井の梁《はり》まで持ちあげられた。

爪先が宙に浮き、手足をばたつかせたところで相手はびくともしない。

「……く、苦しい」

息ができなくなり、遠退《とおの》く意識の狭間《はざま》で誰かの声を聞いたような気がした。

「片っ端から女郎どもをかっぱらえ」

くそっ、こいつが町娘たちを拐《かどわ》かしたのか。

きっと、そうにちがいない。

そんな考えもすぐに消え、又兵衛は闇の底に堕《お》ちていった。

六

目を醒《さ》ましたとき、又兵衛は蒲団《ふとん》のうえに寝ていた。

見慣れた庭で、雀《すずめ》がちゅんちゅん鳴いている。

起きあがろうとするや、頭がずきんと痛んだ。

「あっ、目を醒まされた。静香、静香……」

廊下で娘を呼んでいるのは、義母の亀であろう。

静香が小走りにあらわれ、枕元に身を寄せてきた。

「又兵衛さま、よくぞご無事で……」

そのさきはことばが出てこず、溢《あふ》れる涙を袖口で拭《ぬぐ》っている。

静香が落ちつくのを待って、又兵衛はゆっくり尋ねた。

「わしは、どうして寝ておるのだ」

「警動の助っ人におもむき、怪我をなされたのです」

「それは、いつのはなしだ」

「一昨日《おととい》の晩にございます」

「今は二日目の朝か」

「さようです」

丸々一日半、死んだように眠っていたのだ。

何があったのか、少しずつおもいだされてくる。

激痛に襲われるたびに、鬼のような大男の形相が脳裏《のうり》を過《よ》ぎった。

それでも、細かい場面の記憶は抜け落ちており、全体の流れを繋《つな》ぐことができない。

「多くの方がお怪我をなされましたが、捕り方で死人は出ておりませぬ。それが不幸中の幸いかと」

茶屋の奉公人や客にも死人は出なかったが、女郎がひとりだけ撲《なぐ》り殺されていたらしい。

静香は声をひそめた。

「大暴れしたのは、雲を衝《つ》くほど大きな紅毛人であったとか」

「何故に、声をひそめる」

立ちあった者たちには箝口令《かんこうれい》が敷かれ、町奉行筒井伊賀守の判断でこたびの警動はなかったことにされているようだった。

「どうしてかはわかりませぬが、紅毛人のことも口にしてはならぬと。夫が目を醒ましたら、まっさきにそのことを伝えよと、内与力の沢尻さまから直々《じきじき》に命じられております」

「沢尻さまだと」

「はい」

突如《とつじょ》、ぐうっと腹の虫が鳴いた。

「すぐに卵粥《たまごがゆ》をお持ちします」

静香は去り、もやもやとした気持ちに包まれる。

痛みを堪《こら》えて立ちあがり、着替えようと褌《ふんどし》一丁になった。

ふと、左肩をみれば、刺青《いれずみ》でも彫ったように青痣《あおあざ》ができている。

動かそうとした途端、激痛が走った。

ひょっとしたら、肩か肘《ひじ》の骨にひびでもはいったのかもしれない。

どっちにしろ、数日は使いものにならぬであろう。

着物を羽織《はお》ったところへ、静香が卵粥を持ってきた。

「起きるのはまだ、早うござります」

「そうも言っておられぬ。一刻も早く出仕せねばならぬ」

静香は渋面《じゅうめん》をつくったが、又兵衛の言いだしたら聞かぬ性分を熟知している。

「せめて、お粥だけでも」

懇願され、さすがに折れた。

畳のうえに端座《たんざ》し、匙《さじ》で食べさせてもらう。

右手で食べることもできたが、静香のやりたいようにさせてやった。

熱い粥をふうふう吹いて冷まそうとする横顔が愛《いと》おしくてたまらない。

出仕を止めようかともおもったが、今さら止めたと言うわけにはいかず、腹ごしらえを済ませ、どうにか扮装《いでたち》を整えた。

大小を帯に差すと、自然に腰が据《す》わる。

やはり、侍なのだなと、あらためておもった。

心配そうな静香と亀に見送られ、屋敷をあとにする。

数寄屋橋御門内へ足を運び、町奉行所の厳《いか》めしい長屋門を潜って甃《いしだたみ》を進んだ。

檜《ひのき》の香る玄関で雪駄《せった》を脱ぎ、左手の例繰方の御用部屋ではなく、奥の内与力の御用部屋へ向かう。

「平手又兵衛、罷《まか》り越しましてござります」

襖障子《ふすましょうじ》越しに面談を請《こ》えば、重苦しい沈黙ののちに「はいれ」という抑揚《よくよう》のない返事があった。

部屋にはいって襖を閉め、上座のほうへ膝行《しっこう》する。

沢尻玄蕃は箱火鉢《はこひばち》の向こうに座り、糸のように細い目でこちらを睨みつけた。

「おもっていたよりも、半日早かったな。痛みはどうだ」

「ご心配なく。それがしのことより、戸根どのはどうされましたか」

「戸根誠四郎か。やつは手柄を焦った。配下に分《ぶん》を超えた捕り物を命じ、町奉行所に大恥《おおはじ》を掻かせおった。ゆえに」

「ゆえに、どうなったのです」

「役目を解いた。失った右目の治療を終えたら、仏門にでもはいるしかなかろう」

「そんな」

「身から出た錆《さび》というやつよ。そばにおったおぬしにも、本来であれば何らかのお咎《とが》めがあるはずだった。されど、警動そのものがなかったことにされたのだ。

すべては公儀の威信を守るためよ」

「暴れた者はどうなります。戸根どのに大怪我をさせた化け物の始末は」

「忘れよ」

「えっ」

「納得できぬなら、理由を教えよう。事は町奉行所の不手際だけにとどまらぬ。岡場所で遊んでおった客のなかには、大名家の家臣も多くふくまれておった。なかでも厄介なのは、水戸《みと》家の家臣たちだ。半裸で逃げたなかには重臣の子息も交じっておった。事が表沙汰《おもてざた》になれば、水戸家の面目《めんぼく》は丸潰れとなろう。きゃつらめ、何故に警動なんぞをやったのかと、逆しまにねじこんできおってな」

「始末に負えぬゆえ、御奉行はなかったことにせよとお命じになったのでしょうか」

「わしが進言した。そうでもせねば、収拾がつかぬ」

「されど、紅毛人だけは放っておけませぬ」

又兵衛が顎《あご》を突きだすと、沢尻は口をへの字に曲げた。

「珍しいな。それほど紅毛人が憎いのか」

「女郎がひとり撲り殺されたと聞きました」

「だからどうした。女郎がひとり死んだところで、捕り方を動かすことはできぬぞ」

「侍の面目を守るためならば、女郎がどうなろうとお構いなしというわけですか」

「ずいぶん突っかかるではないか。群れず騒がず関わりも持たず。それが平手又兵衛という へぼ与力だとおもうておったがな。その紅毛人に何か、格別な思い入れでもあるのか」

よくぞ聞いてくれたと、膝を打ちたくなった。

又兵衛は紅毛人が駱駝《らくだ》興行を仕掛けた和蘭陀商人にちがいなく、世間で「神隠し」と噂される町娘の失踪《しっそう》についても深く関わっている公算が大きいと、かいつまんで今までの経緯を説《と》いた。

沢尻は黙って聞いていたが、鉄火箸《てつひばし》をもてあそびながら、ぼそっと漏らす。

「女郎どもが消えたらしい」

「えっ」

廻り方が抱え主に質《ただ》したところ、逃げた女郎は十数人におよんだが、半分しか戻ってこなかったという。

又兵衛は空唾《からつば》を呑んだ。

遠ざかる意識の狭間《はざま》で耳にした台詞が甦《よみがえ》ってくる。

――片っ端から女郎どもをかっぱらえ。

おそらく、あれは「ヤン」という紅毛人が日の本のことばで吐いたものであろう。

「沢尻さま、いかがにござりましょう。吟味方へお命じになり、消えた町娘たちの探索をおこなわせるべきかと存じますが」

「それはできぬ。表だっては動けぬ」

「裏ならば、動いてもよろしいので」

「ほう、自信ありげだな。かりに紅毛人をみつけたとして、おぬしに縄が打てるのか」

「はい」

「言いきったな。ふふ、むかしの知りあいで、酒がはいると辛味噌《からみそ》をぶちあげるやつがおった」

「辛味噌」

「大言壮語《たいげんそうご》しがちな自惚《うぬぼ》れ屋《や》のことさ。あるとき、そやつは自分で釣った真河豚《まふぐ》の刺身を食わせてやると言いおった。当たるも八卦《はっけ》、当たらぬも八卦、まずは自分が試すと言って刺身を食い、四半刻《しはんとき》（約三十分）も経たぬうちに舌を痺《しび》れさせた。そのままおっ死《ち》んだという救いようもないはなしだ」

「紅毛人は河豚毒のごときものと仰せですか」

「辛味噌をぶちあげて死んだら元も子もなかろう。ま、おぬしが勝手に動くぶんには、あれこれ文句を言う筋合いはない。ただし、類例調べと書面作りはきっちりやってもらう。それらを怠《おこた》るようなら、戸根のごとく頭を丸めるしかなかろうな」

沢尻はいつもどおり、みずから動く気はない。孤立無援で得体の知れぬ化け物に対峙《たいじ》しなければならなかった。しかも、手負いの身なのだ。

困ったなと胸中に漏らしながらも、奮《ふる》いたつ気持ちが同時にあった。

又兵衛は深々とお辞儀をしてから、内与力の御用部屋を離れたのである。

七

美味《うま》いものが食いたくなり、長元坊の療治所《りようじしよ》へ立ち寄った。

「あいかわらず、冴《さ》えねえ面《つら》だな」

口の悪い幼馴染《おさななじ》みの膝には、三毛猫《みけねこ》の「長助」がちょこんと座っている。

「腹が減ると、ごろにゃんしやがるのさ。ま、そろそろ晩飯を仕込むつもりではいたがな」

長元坊は坊主頭を撫でまわし、よっこらしょっと立ちあがった。

長助は馴《な》れたもので、大儀そうに隅っこの塒《ねぐら》へ戻っていく。

「あいつめ、いっそう肥《こ》えたな」

「甘やかしているかんな。食うだけ食って、鼠《ねずみ》は一匹も捕りやがらねえ。へへ、町奉行所のへっぽこ役人といっしょさ」

耳が痛いというより、言い得て妙な喩《たと》えかもしれぬとおもった。

「ま、安酒でも啖《くら》っててくれ」

包丁《ほうちょう》で俎板《まないた》を叩く音が、耳に心地よく聞こえてくる。

「へへ、包丁は切れるやつじゃねえとな。錆《さび》の味がするなめろうなんざ、食えたもんじゃねえ」

「なめろうか」

「伊佐木《いさき》だよ」

三枚におろして皮を剝《は》ぎ、小骨を除いたあと、ぶつぶつに切って包丁で粗《あら》めに叩く。

「ぐっちゃりしたら酢を垂らし、葱《ねぎ》と生姜《しょうが》と紫蘇《しそ》をまぶしてできあがり。ほれよ」

平皿に載せられたなめろうを、箸先で摘《つ》まんで嘗《な》める。

「ふふ、これだな」

つづいて、早蕨《さわらび》の煮付けと独活《うど》の酢味噌《すみそ》和《あ》えが出された。さらには、嫁菜《よめな》のおひたしと飯蛸《いいだこ》の炊《た》き合わせも御目見得《おめみえ》となる。

「今が旬《しゅん》の連中だぜ」

長元坊の腕に掛かれば、一流の料理茶屋も顔負けの献立《こんだて》が整うにちがいない。

「そいつらは露払《つゆはら》いにすぎねえ。今宵の主役は別にある」

「もったいぶらずに教えろ」

「肺《はい》を潤《うるお》し、胃《い》を開き、腎《じん》を増し、酒を醒ます。蛤《はまぐり》だよ。そいつをな、鰹節《かつおぶし》のだし汁で煮てから味噌仕立てにするのさ」

貝はずいぶんまえから温《ぬる》い塩水に浸《ひた》し、砂を吐かせていたらしい。立塩《たてじお》で残りの砂を洗い落とし、包丁で切れ目を入れて蓋《ふた》をこじ開ければ、ぷっくりと艶《つや》めいた身が目にする者の食欲をそそる。

「葱と合わせた串焼《くしや》きも食わしてやる。もちろん、酒蒸《さかむ》しもあるぜ」

聞いているだけで、涎《よだれ》が滲《にじ》みでてくる。

又兵衛は幸せな気分になった。

長助にも、蛤の切れ端が投じられる。

鮪《まぐろ》なんぞには目もくれぬ贅沢《ぜいたく》な猫は、飼い主の食べるものを好むらしい。

やがて、蛤 鍋《はまぐりなべ》が湯気といっしょにやってきた。

串焼きに使う七輪《しちりん》と網《あみ》も用意されたが、そのまえに酒蒸しがお披露目《ひろめ》となる。

殼《から》に溜《た》まった熱々の汁を啜《すす》り、蒸した身を口に抛《ほう》る。

噛《か》めば噛むほど、潮《しお》の香りが口いっぱいに広がった。

「顔に至福《しふく》と書いてあるぜ。ところで、左手はどうした。動かせねえのか」

「ああ、警動の助っ人で下手《へた》を打ってな」

「ふうん、おめえらしくもねえな」

長元坊が興味を向けてきたので、経緯を詳しくはなしてやった。

「指揮を執《と》った与力の若造が、化け物みてえな紅毛人に自慢の鶏冠髷《とさかまげ》を引きちぎられたってか。しかも、紅毛人は駱駝使いで、町娘たちを拐《かどわ》かした張本人かもしれねえだと。何やら、作り話みてえなはなしだな」

「悪夢のようなはなしさ」

「ああ、嘘じゃねえってことはわかる。紅毛人の化け物は、拳《こぶし》一発で平手又兵衛を伸《の》しちまった。落ちこんだ又兵衛は験直《げんなお》しも兼ねて、誰よりも頼りになるおれさまのところへやってきた。美味《うめ》えもんを食って精をつけにな」

「ま、そういうわけだ」

「根津権現前の警動なら、巷間《こうかん》の噂になっているぜ」

「えっ、そうなのか」

「いくら箝口令を敷いたって、幇間や芸者の口に戸は閉《た》てられねえ。でも、紅毛人をみたってはなしは聞かなかったな。おおかた、口に出せば魂《たましい》を抜かれるとでもおもっているんだろうよ」

長元坊は笑いながら、椀に味噌仕立ての蛤を入れてくれた。

口をはふはふさせながら食べたそばから、ほっぺたが落ちそうになる。

「美味えか」

「ああ」

至福以外のことばは浮かばぬ。

長元坊は竹串に大粒の蛤と輪切りにした長葱を刺し、網のうえで焼きはじめた。

途中で醬油《しょうゆ》を掛けると、じゅっという音とともに香ばしい匂いが立ちこめる。

「抱え主は頭を抱えていたらしいぜ。何せ、女郎がごっそり消えちまったんだからな。せめて、島原《しまばら》だけでも戻ってきてくれたらと嘆いていたそうだ」

「島原というのは」

「稼《かせ》ぎ頭《がしら》の源氏名《げんじな》だよ。京訛《きようなま》りの売れっ子で、島原遊廓から足抜けした逸話《いつわ》を持った娘だとか。嘘でもおもしれえはなしだから、島原を源氏名にしちまったらしくてな。職人たちのあいだじゃ、知らねえ者がいねえほど評判になった娘さ」

一瞬で酔いが醒めた。

「もしや、その娘、おきみという名ではないのか」

「本名なんざ知らねえよ。知りたけりゃ、抱え主に聞くっきゃねえ。でも、どうして本名が知りてえんだ」

「だんまりの左金次という小悪党がおってな」

左金次の数奇な運命を語り、すがたを消した「島原」という娘が恋《こ》い焦《こ》がれる相手にちがいないと告げた。

「そいつは驚き桃の木だぜ。でもよ、娘は紅毛人に攫《さら》われちまったかもしれねえんだろう」

「ああ、まちがいなかろうな」

「左金次にしてみりゃ、幸運と不運とが隣り合わせってわけか。何やら、おもしれえことになってきたぞ」
長元坊の助っ人が得られれば、これほど心強いことはない。
「最初から、そのつもりだったんだろう」
聞かれても容易にはうんと言わぬ。それが自分でも嫌なところだとわかっては
いるのだ。
――なあご。
素直になれとでも言いたげに、長助が鳴いた。
「なっ、おれに助けてほしいんだろう」
長元坊は片目を瞑《つぶ》り、さも嬉しそうに笑いかけてくる。
されど、いかに怪力自慢の鍼医者《はりいしゃ》でも、紅毛人とまともに張りあえるかどうか
はわからない。それよりも何よりも、悪党どもを捜しあてることが先決だなとお
もい、又兵衛は褌を引きしめた。

八

女郎屋の抱え主に「島原」の本名を質すと、期待したとおりのこたえが返って
きた。

さっそく薬王寺の左金次に教えてやると、目の色を変えて駱駝の一行を捜しはじめた。

そして三日後、端緒《たんしょ》になりそうなはなしを仕入れてきた。

「餅《もち》は餅屋、小悪党は小悪党のやり方があんのさ」

感心してみせたのは、助っ人の長元坊である。

左金次も入れて三人で地廻《じまわ》りの連中を追いかけ、夕陽に照らされた小名木川《おなぎがわ》を小舟に乗って東へ進んだ。辺り一面が暮れなずむなか、中川番所《なかがわばんしょ》の手前で陸《おか》にあがり、塩舐《しおな》め地蔵《じぞう》で知られる宝塔寺《ほうとうじ》の境内《けいだい》までやってきたのである。

見上げれば夜桜が満開に咲き誇っているが、のんびり愛《め》でている余裕などあろうはずもない。

地廻りの連中は蔵前《くらまえ》一帯を縄張りにする鳥越《とりごえ》の勘蔵《かんぞう》の手下どもで、和蘭陀商人から二頭の駱駝を買いとり、自分たちで興行を打つ腹でいるという。左金次によれば、すでに半金の五十両は渡してあり、今宵、残金の五十両と引き換えに駱駝を受けとる段取りになっているとのことだった。

「鳥越の勘蔵は金になるとわかれば、何でもかんでも、目の色を変えて奪おうとする男だそうです。駱駝は金になると踏んだのでしょう。あんまり評判のよくない男ですが、町奉行所から十手を預かっている男だけに、慎重さもある」

だから、このはなしは信じてもよいと、左金次は確信を込めて言う。

又兵衛と長元坊は半信半疑だったが、ほかに紅毛人に繋がる端緒もないので、江戸のとっぱずれまで付きあうことにしたのだ。

小名木川は幕初の頃、行徳《ぎようとく》で産する良質の塩を運ぶために掘鑿《くつさく》された。宝塔寺の塩舐め地蔵は、行徳の塩商人たちが航行の安全を祈念《きねん》して奉じたという。

「薬王寺の背面《うしろむき》地蔵に、宝塔寺の塩舐め地蔵か」

木陰から手下どもを遠目に眺め、又兵衛はほっと溜息を吐く。

地蔵繋がりの運に賭《か》けるしかないと、左金次はおもっているのだ。

それから、一刻余りは待ちつづけたであろうか。

低い空には、赤みを帯びた月が輝《つ》いている。

退屈した地廻りの連中が悪態を吐きはじめた頃、前触れもなく、浪人者らしき一団が山門を潜ってきた。

「ひい、ふう、みい……」

全部で五人いる。

勘蔵の手下は倍の十人ほどだが、物腰から推《お》すと浪人たちは手練揃《てだれぞろ》いのようで、勝負の行方は容易に想像できた。

「駱駝はおらぬな」

又兵衛がこぼすと、左金次は歯軋《はぎし》りをして口惜《くちお》しがる。

「くそっ、勘蔵は騙されたんだ」

おそらく、紅毛人は出向いてこない。

「しばらく様子を窺ってみよう」

又兵衛は囁《ささや》き、ふたりに同意を求めた。

毒には毒をという格言どおり、地廻りと雇われ浪人どもを嚙ませれば、漁夫の利を得られるかもしれない。紅毛人の所在を聞きだすことさえできれば、わざわざ尾行してきた甲斐《かい》もあろう。

浪人たちは参道を大股で歩み、御神木《ごしんぼく》を背に抱えた勘蔵の手下たちと対峙する。

「駱駝はどうした」

手下が怒鳴った。

浪人のひとりが前に進みでる。

「何のはなしか、わからぬな」

「くそっ、騙しやがったな」

「ふん、騙されるほうが悪いのさ」

「あんだと」

手下は懐中に呑んだ匕首《あいくち》を抜いた。

ほかの連中も一斉に段平《だんびら》を抜いたが、恐怖で腰が引けている。

「こっちの親分は十手持ちなんだぜ。手下のおれたちを斬ったら、あんたらはまちげえなく磔台《はりつけだい》に晒《さら》される」

「くく、おもしろいことを抜かす」

浪人は刀を抜き、峰《みね》を肩に担《かつ》いだ。

「ひとりも生かして帰さぬゆえ、覚悟せい」

だっと駆けよせ、手下を袈裟《けさ》懸《が》けに斬った。

「ぎぇっ」

ほかの浪人たちも抜刀《ばっとう》し、腹の底から奇声をあげる。

「ぬわああ」

やにわに、境内の一角は混乱の坩堝《るつぼ》と化した。

地廻りの連中が、ばっさばっさと斬られていく。

参道には血飛沫《ちしぶき》が四散《しさん》し、断末魔《だんまつま》の声が轟いた。

僧坊からは誰ひとり飛びだしてこない。

息を殺し、凶事《きょうじ》の行方を見守っているのだろうか。

左金次は頭を抱えて蹲《うずくま》り、がたがた震えている。

又兵衛は罪の意識にとらわれた。

いくら地廻りの小悪党どもとはいえ、無惨《むざん》に斬られていく様子を漫然《まんぜん》と見過ごしてよいのだろうか。

「おれは行くぜ」

我慢できなくなったのは、長元坊のほうだった。

桜の幹を折って抱え、疾風《しっぷう》のように駆けていく。

「くそっ」

又兵衛もつづいた。

刀ではなく十手を抜き、砂塵《さじん》の渦《うず》をめがけて走る。

「くわっ」

長元坊は躍りこみ、太い幹を一閃《いっせん》させた。

――ばきっ。

側頭を叩かれた浪人が、一間余りも吹っ飛ばされる。

「後ろにもおったぞ。容赦《ようしゃ》するな」

叫んだ浪人はつぎの瞬間、白目を剝《む》いて倒れた。

長元坊の振りおろした桜の幹に、脳天を割られたのだ。

怯《ひる》んだふたりの浪人に、勘蔵の手下どもが殺到した。

最後に残ったひとりが、踵《きびす》を返そうとする。

そこへ、又兵衛が立ちはだかった。

「名は聞かぬ。誰に雇われた。正直に喋れば、見逃してやってもよい」

「不浄役人め、わしに勝つ気でおるのか」

「素直に喋ったほうが身のためだぞ」

「猪口才《ちょこざい》な」

浪人は大胆に間合いを詰め、右八相《みぎはっそう》の構えから袈裟懸けを繰りだす。

又兵衛は刀身の下を潜り、十手の先端で相手の脛《すね》を叩き折った。

「なぎゃっ」

浪人は痛みに耐えかね、叫びながら甃《いしだたみ》のうえを転がる。

「黙りやがれ」

長元坊が身を寄せ、浪人の下っ腹に当て身を食らわせた。

しんと、境内が静まりかえる。

又兵衛は十手を背帯に仕舞い、身を震わせる勘蔵の手下に近づいた。

「浪人のようになりたくなかったら、知っていることをぜんぶ喋るんだな」

手下は何度もうなずき、残金の五十両まで寄こそうとする。

長元坊が手を伸ばしかけ、又兵衛にこっぴどく叱《しか》りつけられた。

九

手下から聞きだした取引相手の名は上総屋喜平《かずさやきへい》、新川河岸《しんかわがし》で酒問屋を営《いとな》む商人だった。

「新川河岸の上総屋といえば、けっこうな大店《おおだな》だぜ」

長元坊の言うとおり、自前の樽廻船《たるかいせん》まで所有している大店にちがいない。

息を吹き返した浪人たちにも質《ただ》したが、やはり、上総屋に雇われたという。

ただし、駱駝なんぞはみたこともないし、紅毛人も知らぬらしかった。

五人の浪人たちはひとり五両で雇われており、残りの七十五両が上総屋の実入りとなる。上方から下《くだ》り酒《ざけ》を運んで売りさばいているほどの商人が、七十五両ほどの金を手に入れるために、これほど危ない橋を渡ろうとするだろうか。

「妙だな」

又兵衛はまっさきに浮かんだ疑念を解くため、夜のうちに上総屋を訪ねてみようとおもった。

暗い小名木川を小舟で戻り、万年橋《まんねんばし》の注ぎ口から大川へ躍りでる。月明かりを水先案内に立て、永代橋《えいたいばし》を潜ったさきの霊岸島《れいがんじま》をめざした。

新川河岸は霊岸島を南北に分かつ堀割沿いにあり、酒問屋の船蔵《ふなぐら》がずらりと軒を並べている。真夜中でも菰樽《こもだる》を積載した荷船の航行は頻繁《ひんぱん》にみられ、眠らぬ河岸とも称されていた。

又兵衛は勘をはたらかせて鬘《かつら》までかぶり、浪人風体《ろうにんふうてい》を装《よそお》っている。

「お似合いだぜ。ついでに、無精髭《ぶしょうひげ》も生《は》やしちまえ」

長元坊にからかわれながらも、十手を翳《かざ》すのは止めたのだ。

それが功《こう》を奏《そう》した。

上総屋の船蔵を捜しあて、裏から蔵の内へ踏みこんでいく。

安普請《やすぶしん》の床を踏みしめると、板戸の向こうから声が掛かった。

「戻りやしたね。首尾《しゅび》は」

「案ずるな。金は手に入れた」

応じてやると人の気配が近づき、心張《しんば》り棒《ぼう》を外す音が聞こえてくる。

引き戸がわずかに開き、又兵衛は隙間にからだをするりと入れた。

待っていたのは手代風の中年男で、薄暗いせいか、又兵衛の顔をみても偽物《にせもの》とは気づかない。

「金を寄こせ」

「ほれよ」

手下から奪った五十両を手渡すと、男は別に十五両を寄こす。

そのとき、手首に数珠《じゅず》を何重にも巻いているのがわかった。

こやつ、数珠六か。

数珠六ならば、ヤンという紅毛人に繋がる公算は大きい。

又兵衛は動揺を悟《さと》られぬように注意し、相手のことばを待った。

「約定《やくじょう》どおり、そいつはあんたらの取り分だ。もっと欲しけりゃ、沖の樽廻船に乗るんだな」

「樽廻船に乗ったら、何かいいことでもあるのか」

「何もないさ、船のうえではな。ただし、長崎ではひと暴れしてもらう。そのために、あんたらの力量を試したのさ」

どうやら、欲しかったのは金よりも腕の立つ連中だったらしい。

又兵衛は声を押し殺す。

「誰かを斬るのか」

「事と次第によっては、役人を斬らなきゃならねえ。ひとりにつき十両、はたらき次第で倍出してもいい」

「役人斬りか」

「二の足を踏む手はねえぞ。おめえさんと同じような狼《おおかみ》どもが二十人ばかり、乗りこむ手筈《てはず》になっている。出航は今から一刻のち、あれこれ考えている暇はねえ」

「わかった、乗ろう。わしひとりだ」

「ほかの連中は」

「手傷を負ったゆえ、使いものにならぬ」

「わかった。へへ、あんたは肝《きも》が据わってんな。船に乗るめえに、ひと仕事しねえか」

「何だ」

数珠六らしき男は立ちあがり、奥の部屋へ誘った。

踏みこんでみると、年嵩《としかさ》の夫婦が背中合わせに縛られている。

「上総屋喜平と内儀だよ。年頃の娘をおれたちに拐かされ、言いなりになるしかなかったのさ。地廻りを何人か騙して小金を集めさせてもらったが、こいつらに用はねえ。この場でばっさり殺《や》ってくれたら、十両出すぜ」

「承知した」

又兵衛はうなずいた。

夫婦は猿轡《さるぐつわ》まで嚙まされている。こっぴどく撲られたのか、抗《あらが》う気力すら失っているようだった。

頭のなかでは、大雑把《おおざっぱ》な筋書きを描くことができている。

上総屋は不運にも娘を拐かされ、悪党どもの意のままになるしかなかった。しかも、商売用の樽廻船まで奪われたにちがいない。拐かされた町娘や女郎たちは樽廻船に乗せられ、長崎経由で海の向こうに売られていく運命にあるのだろう。

又兵衛は刀を抜き、かたわらの小悪党に声を掛けた。

「おい、おぬしを何と呼べばよい」

「数珠六と呼んでくれ」

又兵衛の眸子《まなこ》が、きらりと光る。

一閃、水平に空を斬った刀身は峰に返され、数珠六の首根を打った。

「ぬきょっ」

小悪党は白目を剝き、その場にくずおれる。

又兵衛は上総屋夫婦の縛《いまし》めを解き、外で待つふたりを呼びよせた。

「あっ、数珠六だ」

左金次が驚いてみせる。

長元坊は呑み水を用意し、横になった夫婦を介抱《かいほう》しはじめた。

「かなり弱ってんな。内儀のほうは、喋ることもままならねえ」

「旦那のほうはどうだ。喋ることができそうか」

「ああ、どうにかな」

「それなら、頼みたいことがある。旦那を連れて、沢尻さまの屋敷に行ってくれ」

上総屋は町の名士でもある。娘を拐かされた上総屋の口から事の一部始終を聞けば、いかに沢尻でも重い腰をあげざるを得なくなるだろう。

「おめえはどうする」

「船に乗る」

「ひとりでか」

「来る気があるなら、左金次を連れていってもいい」

左金次は唇《くちびる》を噛みしめ、必死の形相でうなずいた。

愛しいおきみは船上にいる。おきみを救うためなら、命をも擲《なげう》つ覚悟を決めたのだろう。

「ふうん、偉いもんだ。足手まといになるなよ」

「合点《がってん》で。こうみえても、芝居だけは誰にも負けねえ。数珠六の代わりに、悪党どもを仕切ってみせまさあ」

「頼んだぜ。で、おれはどうすりゃいい」

長元坊に問われ、又兵衛は真顔でこたえた。

「沢尻の力を使って、御船手奉行《おふなてぶぎょう》の尻を叩いてくれ。夜が明けるまでに、あるだけの鯨船《くじらぶね》を出してほしいと頼むんだ」

「莫迦《ばか》を言うな。おれはただの鍼医者なんだぜ。御船手奉行を動かすことなんぞできるわけがねえ」

「やってみなけりゃわからぬさ。物事ってのは、そんなもんだろう」

「そいつは、おれの口癖だろうが。ふん、勝手に死んでこい」

長元坊はぶっきらぼうに吐きすて、上総屋の主人を背に負った。

「内儀の面倒まではみれねえぜ」

「こっちでやっておく」

「じゃあな、気長に待っててくれ」

「ああ、わかった」

長元坊は去った。

「うう……」

目を醒ました数珠六に猿轡を噛ませ、後ろ手に縛って柱に繋ぐ。

横たわった内儀の介抱を自身番の連中に託したら、とりあえずは沖の樽廻船に乗らねばならない。

「そっからさきは、野となれ山となれ」

左金次がすっきりした表情で言った。

覚悟を決めたら肝が据わったのだろう。

少なくとも、おきみとの再会だけは果たさせてやりたいと、又兵衛は心の底から願った。

十

亥ノ刻《いのこく》（午後十時頃）を告げる鐘音が響いている。

桟橋《さんばし》には浪人たちが所在なげに佇《たたず》み、親方と呼ばれる男の指図を待っていた。

「荷船が来たら、鮨詰《すしづ》めで乗りこんでくれ」

肩の瘤《こぶ》が盛りあがった『親方』は、無精髭を扱《しご》きながら左金次を睨んだ。

「おめえ、何処かでみたことがあんな」

「駱駝の世話をしていた左金次ですよ」

「おお、そうだ。数珠六のやつはどうした」

「さあ、知りません。代わりをつとめましょうか」

「そうだな、今は猫の手も借りてえところだ」

荷船が二艘《そう》近づいてきた。

纜《ともづな》が投じられると、褌姿《ふんどしすがた》の荷役たちが桟橋に並んだ四斗樽《しとだる》をつぎつぎに積みこんでいく。

酒を運ぶ菰樽《こもだる》にしかみえぬが、どうやら、別のものがはいっているようだった。

「左金次、酒樽《さかだる》の隙間に浪人どもを乗せろ。沖に着いたら、水夫頭《かこがしら》に指図を仰《あお》げ」

「親方は」

「しんがりの荷船で行く」

「合点で」

左金次はまんまと手下に化け、又兵衛をまっさきに荷船へ導く。

ほかの浪人も何人か乗せると、みずからも乗りこんできた。

纜が解かれ、荷船は暗い水面《みなも》を滑りだす。

右手前方に、うっすらと島影がみえてきた。

石川島《いしかわじま》であろう。

島影を左手にしながら内海《うちうみ》へ漕《こ》ぎだせば、おもいのほか、波は高い。

船首にぶつかる波濤《はとう》が白く砕《くだ》け散るたびに、上下に大きく船が揺れた。

荷船の縁《へり》に摑まり、げろげろ吐く浪人もいる。

又兵衛はさきほどから、菰樽の中味が気になっていた。

船が揺れるたびに、内から悲鳴のようなものが微《かす》かに聞こえてくるのだ。

もしかしたら、拐かした娘たちを隠しているのかもしれない。

そうだとすれば、菰樽が棺桶《かんおけ》になりかわる危うさも孕《はら》んでいる。

だが、海のうえでは助けてやることもできない。

まずは敵中に潜《もぐ》りこみ、大将首を狙うしかなかろう。

もちろん、狙うのはヤン・ボルステンなる紅毛人の首である。

品川沖までやってくると、月明かりを背にした樽廻船がみえてきた。

「おお」

浪人たちは驚きの声をあげる。

近くから見上げる樽廻船は異様に大きく、巌《いわお》のごとき堅牢《けんろう》さだ。

荷船の水夫《かこ》は巧《たく》みに櫂《かい》を操《あやつ》り、舷《ふなばた》に繋がる艀《はしけ》に鼻を寄せる。

左金次が纜《ともづな》を投げ、ひらりと艀に飛び降りた。

馴れたものだ。

ほうと、又兵衛は感嘆《かんたん》してみせる。

遥《はる》か高みから綱《つな》が何本も下ろされ、下で待ちかまえた水夫たちが菰樽を素早く結んでいった。菰樽がどんどん持ちあげられていくなか、艀に降りた浪人たちは舷に垂れた大きな漁師網《りょうしあみ》に取りつかねばならない。

「さあ、登れ登れ」

上方の縁《へり》から水夫どもが身を乗りだし、楽しげに煽《あお》っている。

浪人たちは歯を食いしばり、自力で這《は》いあがらねばならなかった。

からだの重い者や膂力《りょりょく》に自信のない者は、置いてけぼりを食うしかない。

又兵衛は左腕に力がはいらぬので、右腕一本で綱をたぐり、歯も使ってぶらさがり、少しずつからだを持ちあげていった。

やっとのおもいで、垣立《かきたつ》の手前までたどりつく。

そこからさきは水夫たちに腕や襟首《えりくび》を取られ、手荒く引きこまれるや、船上へ抛《ほう》りだされた。

四《よ》つん這《ば》いになって肩で息をしていると、水夫頭らしき刺青男が嗤《わら》いかけてくる。

「ふはは、これしきのことでへたばってどうする。海のうえじゃ、身分なんぞは関わりねえ。侍だろうが何だろうが、おれさまの指図にしたがってもらうぜ」

「望むところだ」

又兵衛は負けん気を露《あら》わにし、水夫頭を睨みつける。

「ふん、面構《つらがま》えだけは一丁前《いっちょうまえ》だな」

水夫頭が去るのを待って、船上をざっと見渡した。

野良犬のような浪人者が十人余り、水夫たちは二十人近くいるだろうか。

髪の赤い大男のすがたはない。

船上に引きあげられた菰樽は、船尾寄りの船倉《ふなぐら》へ降ろされていく。

あの下に、娘たちが軟禁《なんきん》されているのだろうか。

ヤンという紅毛人も、船倉に控えているはずだ。

それにしても、広々とした甲板《かんぱん》だった。

長さで五十尺、幅で二十五尺はあろう。

生まれてこのかた、これほど大きな船に乗ったことはない。

素早く動く水夫たちをみれば、海の男の逞《たくま》しさがひしひしと伝わってくる。

だが、こやつらはみな、悪党の仲間なのだ。

菰樽の中味が何かを知りながら、出帆《しゅつぱん》の準備に取りかかっている。

金になるなら、盗みどころか、殺しをも厭《いと》わない連中かもしれない。

もちろん、刃向かうようなら、束《たば》にまとめて斬らねばなるまいと、又兵衛は決意を新たにした。

つんと、後ろから袖を引かれる。

振りむけば、左金次が興奮の面持《おもも》ちで立っていた。

「しんがりの荷船が、もうすぐやってきます。急ぎましょう」

「ふむ、わかった」

左金次とも ども、船尾寄りの船倉へ向かう。

甲板の中央に倒された太い柱は、二十反《たん》余りの帆《ほ》を巻きつけた檣《ほばしら》であろう。戸建《とだて》のさきには舵《かじ》を操る舵柄《かじづか》がみえ、かたわらには鉞《まさかり》が荒縄で留めてある。いざとなれば、鉞で舵柄を叩き壊すしかなかろう。

ほかに、これといった策はない。一刻も早く紅毛人をみつけだし、縄を打つか、情況次第では首を獲《と》るしかなかった。

船倉に近づき、縁《へり》から暗い穴倉《あなぐら》を覗く。

「おい、そこで何をしておる」

後ろから、荷下ろし役の水夫が叱りつけてきた。

「手伝おうか」

惚《とぼ》けた口調で応じると、水夫は疑いもせずに梯子を指差す。

「あそこから降りて、下で樽を受けとってくれ」

「よし、わかった」

梯子を降り、底板に足をついた。

四斗樽が揺れながら降りてくる。

下で待つ別の水夫が近づき、菰樽を台車のうえに降ろした。

左金次とふたりで木製の台車を押し、奥の暗がりへ運んでいく。

観音開きの扉を開けると、十数帖《じょう》は優にある空間が広がっていた。

四つ角に灯《あか》りが点《とも》り、内をぼんやり照らしている。

隅のほうに、樽がいくつも並んでいた。

ざっと数えてみると、三十近くはある。

「あれを聞くのがたまらねえ」

水夫が渋面をつくった。

耳を澄《す》ませば、樽という樽から啜《すす》り泣きが聞こえてくる。

「拐かした娘たちか」

「そうだよ」

又兵衛の問いに、水夫は平然とこたえた。

拐かされた娘たちはみな、狭い樽に入れられたままなのだ。

左金次は怒りに肩を震わせ、水夫に食ってかかる。

「このままだと、死んじまうぞ」

「死んだら海に捨てりゃいい。でも、平気さ。呑み物は与えているからな」

無事に出航したら、樽から出すことになっているという。

「さあ、残りを手っ取り早く運んじまおうぜ」

左金次が目配せを送ってくる。

又兵衛は軽くうなずき、水夫に身を寄せた。

「うっ」

当て身を食わせ、ぐったりしたからだを運んで柱に縛りつける。

左金次は樽のほうへ走った。

「おきみ、おきみはいねえか」

囁きが、次第に大きくなっていく。

「左金次だ。おきみ、返事をしてくれ」

啜り泣きが一斉に止《や》んだ。

樽のひとつから、こんこんと音が聞こえてきた。

十一

又兵衛も駆け寄った。

「左金次、こっちだ」

樽に耳をくっつけると、確かに内側から叩く音が聞こえてくる。

「おきみ、待ってろ」

蓋を開けると、尿《にょう》の臭《にお》いに鼻を衝《つ》かれた。

左金次はかまわず、樽の底に頭を突っこむ。

苦労して抱えあげたのは、見る影もなく窶《やつ》れた娘だ。

「……お、おめえ、おきみなのか」

娘は弱々しく、首を横に振った。

「……み、三河屋の娘、おこうにございます」

「何っ」

驚いたのは、又兵衛のほうだった。

左金次は肩を落としつつも、唾で顔の汚れを除いてやる。

「おきみっていう女郎は知らねえか」

おこうは悲しげに首を横に振った。

どうやら、数刻前まで何処かの船蔵に軟禁されていたらしい。何人かの町娘といっしょにされていたが、女郎はひとりもいなかった。娘たちは歩くこともままならぬし、あまりにも目立つため、空の菰樽に入れて桟橋まで運ばれたのだ。

左金次は侠気《おとこぎ》をみせる。

「もう少しの辛抱《しんぼう》だ。かならず、助けてやるかんな」

「……み、みんなも」

おこうは涙ぐみ、ほかの樽をみまわす。

左金次は口を結び、首を横に振った。

みなを救いたいのは山々だが、どう考えてもできそうにない。

それに、肝心のおきみがまだみつかっていなかった。

「左金次、肩を落とすな。菰樽はまだ荷船で運ばれてくる。そのなかに、おきみはかならずおる」

「平手さま、わたしはどうすれば」

「おぬしはここに残れ。いざというときは、娘たちを守ってやるのだぞ」

又兵衛はそう言い、脇差《わきざし》を鞘《さや》ごと渡してやる。

じつは、十手と早縄《はやなわ》だけは懐中に隠しもっていた。腰には愛刀の兼定もある。

それだけあれば、充分に闘えよう。

「よろしくお頼み申します」

「任せておけ」

左金次とおこうに背を向けた。

船倉のなかにも、ヤンのすがたはない。

「くそっ、何処《どっ》におるのだ」

又兵衛は悪態を吐き、片手で梯子をのぼりはじめた。

波がいっそう高くなってきたのか、船体は前後左右に揺れている。

「碇《いかり》を下ろせ」

水夫頭の指図で、二本目の碇が投じられた。

縁《へり》から身を乗りだすと、奈落《ならく》の底に漆黒《しっこく》の闇が渦巻《うずま》いている。

「最後の荷船が着いたぞ」

水夫が声を張りあげた。

急がねばならない。

周囲をみまわしたが、やはり、ヤンのすがたはなかった。

「くそっ、こうなれば」

舵柄《かじづか》を壊すしかない。

又兵衛は足許《あしもと》をふらつかせながらも、船尾に走った。

大きく口を開けた穴倉を避け、後方の戸建へ向かう。

すぐ脇に、蟬《せみ》と呼ばれる檣《ほばしら》の先端がみえた。

戸建の底板を踏み、舵柄《かじづか》のそばに近づく。
「あっ」
鉞《まさかり》がない。
あったはずの場所に、荒縄が落ちている。
刹那《せつな》、背後に殺気が膨《ふく》らんだ。
——ひゅん。
首を縮めるや、刃風《はかぜ》が頭上を嘗《な》める。
——がつっ。
投じられたのは、鉞だった。
眼前の蟬に刺さり、小刻《こきざ》みに震えている。
又兵衛は横っ飛びに跳ね、片膝立ちで振りかえった。
「ひゃはは、鼠がおったぞ」
五間に足りぬ間合いのさきで、ヤン・ボルステンが仁王立《におうだ》ちしている。
隣には小柄で風采《ふうさい》のあがらぬ男が立っていた。
「……お、おぬし」
数珠六である。

「おめえ、油断したな。おれの得意技は縄抜けなんだぜ」

「ぬうっ」

「左金次もいっしょか。おめえはいってえ、何者なんだ」

「素姓を知れば、腰を抜かすぞ」

「抜かさねえよ。聞いてやっから、言ってみな」

「南町奉行所の与力だ。あと四半刻もすれば、御船手奉行の配下が総出で押しよせてこよう」

「ふへへ、おもしれえことをほざきやがる」

「おぬしらに逃げ場はない。神妙に縛《ばく》につけ。さすれば、罪一等を減じてやる」

「はったりにもほどがあるぜ。木っ端《こっぱ》役人がよ、たったひとりで人買い船に乗るかってえの」

「やはり、この船は人買い船なのだな」

又兵衛は鬘《かつら》を取った。

取ったところで、数珠六は腹を抱えて笑うだけだ。

「ふへへ、それが不浄役人の証拠か。どうせ、金目のものを横取りしようって魂《こん》胆《たん》だろうが。おれたちと同じ穴の狢《むじな》にちげえねえ」

「おぬしら、町娘を拐かしたな」

「町娘だけじゃねえぜ。女郎もいる。未通娘《おとめ》なら五十両から八十両、女郎でも海の向こうじゃ三十両で売れるんだ。これほどおいしい商売はねえ。駱駝なんぞをみせて歩くより、よっぽど実入りがいいってことさ」

「長崎に着いたときから、ずっと拐かしをつづけてきたのか」

「いいや、箱根《はこね》を越えてからおもいついた。ヤンの旦那に教えてやったら、乗り気になってくれてな。駱駝興行のついでに、金持ちの町娘たちを拐かしたのよ」

なかには弱みにつけこんで強請《ゆす》り、身代金をふんだくった相手もあったという。

「ずいぶん儲けさせてもらったが、この辺りが潮時《しおどき》と踏んだのさ。まあ、おめえみてえな屑浪人《くずろうにん》に自慢話をしてもはじまらねえがな」

「浪人どもに何をやらせる気だ」

「まんがいちの用心さ。賊がいるのは、陸《おか》のうえだけじゃねえんだぜ。何よりも質《たち》が悪いのは、御船手奉行の手下どもだ。ことに、長崎湊《ながさきみなと》の連中はひでえもんさ。袖《そで》の下《した》が通じねえときは、殺《や》っちまうしかねえ。それだけの覚悟がなけりゃな、町娘なんぞ拐かさねえよ」

「ご立派な悪党どもだな」

「さあて、はなしは仕舞《しめ》えだ。すぐさま地獄送りにしてやるぜ。こちらの旦那は、血に飢《う》えていなさる。人殺しが三度の飯より好きなんだとさ。ねえ、旦那」
返事もせず、ヤンが動いた。

十二

手には身幅の広い斬馬刀《ざんばとう》を握っている。
「ふんっ」
やにわに、喉を裂きにかかった。
ぐんと伸びた刃先を、又兵衛は仰《の》け反《ぞ》って躱《かわ》す。
躱すと同時に、反撃に転じた。
相手の懐中に潜《もぐ》り、十手で相手の脛《すね》を叩く。
——がっ。
弁慶《べんけい》の泣き所だ。
さすがの大男も、たまらずに蹲《うずくま》った。
骨を砕いた感触はある。
ところが、ヤンはすぐに立ちあがった。

片足を引きずりながらも、斬馬刀を縦横《じゅうおう》に振りまわす。
又兵衛は受けずに躱したが、次第に追いつめられていった。
銊《まさかり》の刺さった蟵を背に抱え、これ以上は後退できない。
「死ね……っ」
ヤンが吠えた。
斬馬刀を大上段に掲《かか》げ、振りおろそうとする。
終わりか。
進退窮《しんたいきわ》まった。
又兵衛は目を瞑《つぶ》る。
「静香、すまぬ」
無念を口にした。
と、そのときである。
――どん。
鉄砲水《てっぽうみず》のような大波が舷《ふなばた》に激突した。
――ぐわん。
樽廻船が悲鳴をあげ、左右に大きく揺れる。

咄嗟《とっさ》に身を縮めるや、甲板の端まで転がった。
ヤンはとみれば、わずかに遅れて転がってきて、縁《へり》の壁に頭をぶつける。
気を失い、斬馬刀も手から離れていた。
又兵衛は早縄を口に咥《くわ》え、ヤンのそばに身を投げる。
大きな頭を抱えこみ、鉤《かぎ》の手《て》の付いた早縄を首に括《くく》りつけた。
——ぐわん。
ふたたび、樽廻船が悲鳴をあげた。
大きな揺り戻しがきて、ヤンのからだが離れていく。
又兵衛は早縄を離さない。
転がりながらも、途中で甲板を蹴った。
「はっ」
とんでもない離《はな》れ業《わざ》だ。
蝉を跳びこえるや、早縄の端を蝉に刺さった銛の柄《え》に引っかけた。
——びん。
縄が伸びきり、蝉の下を滑ったヤンは首を締めつけられた。
からだの重さで一気に首が絞《し》まり、白目を剥いてみせる。

それでも、死んではいない。

覚醒《かくせい》するや、両手で首の縄を押さえ、必死に解こうとする。

「檣《ほばしら》を立てよ」

誰かが大声を張りあげた。

左金次だ。

水夫頭の声と勘違いした連中が、支え縄を解いて檣を持ちあげようとする。

「ぬぐっ」

ヤンは宙吊りにされた。

足をばたつかせながらも途中で力尽き、檣《ほばしら》の先端からぶらさがる。

「げっ。降ろせ、檣を降ろせ」

慌てふためいたのは、数珠六であった。

刹那、蝉に刺さっていた鉞《まさかり》が抜けた。

「うわっ」

ヤンの巨体ともども落下してくる。

その真下に、数珠六は立っていた。

ヤンは甲板に激突し、鉞は数珠六に襲いかかる。

「ぬがっ」
鉞の刃が、小悪党の脳天に突きたった。
夥《おびただ》しい血飛沫とともに、天空の月が朱に染まる。
一瞬の出来事であった。
天罰としか言いようがない。
水夫や浪人たちは、恐怖に身を震わせた。
又兵衛も呆気《あっけ》に取られている。
だが、おぞましい光景は終わっていなかった。
死んだはずのヤンが、ゆらりと立ちあがったのだ。
「うわっ」
水夫たちが悲鳴をあげた。
ヤンは全身血達磨《ちだるま》となり、どこまでが自分の血かもわからない。
数珠六の頭から鉞を抜きとり、ゆっくり間合いを詰めてくる。
「まだやる気なのか」
又兵衛は、ふうっと息を吐いた。
腰を落として兼定を抜き、下段青眼《せいがん》に構える。

海は嘘のように鎮《しず》まり、船の揺れはわずかもない。

「ぐおおお」

ヤンは雄叫《おたけ》びをあげ、鉞を頭上に振りあげた。

又兵衛はつつっと身を寄せ、意表を衝《つ》いて斜めに跳躍する。

――ひゅん。

跳躍しながら、下から薙《な》ぎあげた。

ヤンは仰け反り、一刀を躱す。

首の皮一枚で躱しきった。

と、おもった瞬間、鉞を握った左腕を肘の辺りから失った。

「ぬぐっ」

反転しながら、残った右手を振りまわす。

そこへ、兼定の二刀目が襲いかかった。

「地獄へ逝《い》け」

大上段からの真《ま》っ向唐竹割《こうからたけわ》りである。

又兵衛はこのとき、一間余りも跳んでいた。

「ぐひゃあ」

見上げたヤンの眉間《みけん》に亀裂がはいり、直立したまま頭も胴も左右に分かれていく。

――秘技、地蔵斬《じぞうぎ》り。

生まれてこのかた、繰りだしたこともない力業だ。

それを又兵衛は、片手でやりおおせたのである。

火事場の馬鹿力がはたらいたと言うよりほかになかろう。

あまりに壮絶《そうぜつ》な幕切れに立ちあい、浪人や水夫たちは刃向かう気力を失った。

突如、誰かが叫んだ。

「鯨船だ。役人どもに囲まれた」

吉報であった。

海上を見下ろせば、無数の灯火《ともしび》がまわりを囲んでいる。

十人乗りの鯨船だけでなく、漁船の応援もあるようだった。

すべての船は艫灯《ともあか》りで海面を照らし、船首に乗りこんだ者たちが上に向かって龕灯《がんどう》を振りつづけている。

「やってくれたな、長元坊」

言葉巧みに沢尻玄蕃を説《と》きふせ、真夜中の海に御用船《ごようせん》を繰りださせたのであろう。

左金次にも『親方』と呼ばれていた男が、又兵衛のそばに近づいてきた。

「おめえさんは言った、抗わねば罪一等を減じるとな」

「人を殺《あや》めておらぬかぎり、重くとも遠島で済むように掛けあってやろう」

「ほんとうか」

「嘘は吐《つ》かぬ」

親方は納得し、しょぼくれた面《つら》で手下のもとへ戻っていく。

戻ったさきには、しんがりの荷船で運ばれた菰樽《こもだる》が置いてあった。

左金次が駆け寄り、菰樽の蓋を外す。

恐る恐る内を覗くと、女がひとり立ちあがった。

「……お、おきみ」

まちがいない、左金次が恋い焦がれていた女郎である。

「……さ、左金次さん」

おたがいに名を呼ぶ以外に、掛けることばもなかった。

ことばなど交《か》わさずとも、必死に抱きあうだけで、ふたりのおもいは通じあったにちがいない。

又兵衛は我に返り、右手で握った愛刀の血曇りを拭《ぬぐ》った。

無骨《ぶこつ》な黒鞘《くろざや》に納刀すると、船上での出来事が嘘だったとしかおもえなくなる。

そのとおりだと、おそらく、沢尻は言うのであろう。

すべてが嘘、最初からなかったことにされるにちがいない。

それでも、いっこうにかまわなかった。

傍《はた》からみれば、とんでもない手柄だが、すべてがなかったことにされれば、誰からも顧《かえり》みられることはなかろう。

せめて、御奉行の筒井伊賀守だけにはわかってほしいが、願いはかなうまい。

「まあ、よいではないか」

きっかけは、亀の依頼からだった。

断りきれずに乗りだした顚末《てんまつ》がこれなら、みずから選んで苦境に陥《おちい》ったのだと納得もできよう。

何でこうなってしまったのか、上手《うま》く説明はできない。

「成りゆきかもしれぬな」

又兵衛は苦笑しながら、海上に漂う華燭《かしょく》のような艫灯《ともあか》りをみつめた。

十三

飛鳥山《あすかやま》の桜が満開を迎える頃、上野や墨堤の桜は一斉に散りはじめる。

花散らしの風が吹きぬける墨堤には、黒山の人集《ひとだか》りができつつあった。

何せ、一度は江戸から消えたとおもわれていた二頭の駱駝が、ふたつの瘤を揺らしながら悠々《ゆうゆう》と歩いているのだ。

土手にも人垣が築かれ、後方の連中は大川に落ちてしまいそうなほどだった。

聞けば、駱駝を牽《ひ》いているのは緞帳《どんちよう》芝居の一座で、成田山新勝寺《なりたさんしんしようじ》へ詣《もう》でたさきで、幸か不幸か駱駝をみつけたのだという。

信じがたいことに、駱駝は飼う者とてなく、銚子《ちようし》の浜を当《あ》て所《ど》もなく彷徨《うろつ》いていたらしかった。飼《か》い葉《ば》に困って捨てられたのだろうとおもい、一座の座長が拾って育てることにしたのである。

駱駝には「太郎《たろう》」と「お花《はな》」という名まで付けられていた。

つがいかどうかはわからぬが、上手に育てれば子が生まれるかもしれない。

まんがいちにも子が生まれれば、一座の大きな希望となる。

そう進言した緞帳役者が、駱駝の口取り縄を握っていた。

誰あろう、だんまりの左金次である。

他人の物を盗んだり、野田博打《のでんばくち》に興じたり、駱駝の人気にあやかって若返りの偽薬《にせぐすり》まで売りさばいた。犯《おか》した罪を合わせれば、打ち首は確実なところであったが、真人間になるという約束と引き換えに、すべての罪を赦《ゆる》された。

みてみぬふりをしたのは、又兵衛にほかならない。

ついでに、池之端七軒町の女郎屋へ乗りこみ、おきみを身請けできるように抱え主と談判《だんぱん》におよんでやった。

只《ただ》同然で無事に身請けできたおきみと所帯を持ち、左金次は新しい一歩を踏みだすべく、件《くだん》の芝居一座を訪ねたのだ。

芝居もできるうえに、駱駝の扱いも知っているとなれば、拒まれるはずはない。

左金次とおきみは一座に迎えられ、古参のような顔で墨堤を闊歩《かっぽ》しているのである。

「おうい、左金次」

土手のうえから呼びかけたのは、長元坊であった。

左金次は歩みを止め、こちらに駱駝の顔を向ける。

「おお」

野次馬が歓声をあげた。

のんびり近づいてきた駱駝の顔は、異様なほどに大きい。

顔のすぐ後ろには、ふたつの瘤が並んでいる。

「あれだぞ、静香、あれが瘤だぞ」

又兵衛も興奮を隠しきれない。

「見事です。ようやく、瘤を観ることができました」

静香が満足げにうなずくと、おきみが駆け寄ってきた。

「ご新造《しんぞう》さま、駱駝に餌《えさ》をあげてください」

「えっ、よいのですか」

ほかの連中は羨《うらや》ましがりつつも、静香の一挙手一投足《いっきょしゅいっとうそく》をみつめている。

静香が手渡された草を差しだすと、駱駝は首をさげ、大きな口を近づけた。

そして、草を口に咥えると、難しい顔で咀嚼《そしゃく》しはじめる。

「あっ、食べた」

「ほんとうだ。草をもぐもぐ食べておるぞ」

あいかわらず、眠たげで愛らしい表情をしている。

人々の歓声は、いっそう大きくなった。

「ところで、その草は何だ」

「虎杖《いたどり》にございますよ」

又兵衛の問いかけに、左金次が笑いながらこたえた。

隣で怯《おび》えていた亀と鶴も身を乗りだし、駱駝に餌をやりはじめる。

おれもわたしもと、ほかの連中が手を差しのべると、左金次は駱駝の口縄を牽《ひ》いて遠ざかっていった。

途中でおきみが振りかえり、深々とお辞儀をしてみせる。

ヤンの一味に拐《かどわ》かされた町娘はすべて家に帰り、女郎たちも元の鞘に収まっていた。

「めでたしめでたし、でやんすね」

軽口を叩く甚太郎は、たいして活躍できなかったことを悔やんでいる。

もうすぐ浅草では三社祭《さんじゃまつり》がはじまり、佃島《つくだじま》や鉄炮洲沖からは鱚《きす》や鰈《かれい》の便りが届くことだろう。月の終わりからは回向院《えこういん》の境内で、晴天十日の勧進相撲《かんじんずもう》も催《もよお》される。

最後の八重桜《やえざくら》が散れば、新緑《しんりょく》の季節がやってくる。

その頃、駱駝の一行は何処の辺りを歩いているのだろうか。

訪れる先々で人々を驚かせ、老若男女《ろうにゃくなんにょ》から喝采《かっさい》を浴びるにちがいない。
駱駝一座の興行が永遠につづくことを、又兵衛は祈らずにはいられなかった。

この作品は双葉文庫のために書き下ろされました。

双葉文庫

さ-26-54

はぐれ又兵衛例繰控《またべえれいくりびかえ》【八】

赤札始末《あかふだしまつ》

2023年11月18日　第1刷発行

【著者】

坂岡真《さかおかしん》

【発行者】

箕浦克史

【発行所】

株式会社双葉社

〒162-8540 東京都新宿区東五軒町3番28号

［電話］03-5261-4818(営業部)　03-5261-4868(編集部)

www.futabasha.co.jp(双葉社の書籍・コミックが買えます)

【印刷所】

中央精版印刷株式会社

【製本所】

中央精版印刷株式会社

【フォーマット・デザイン】

日下潤一

ISBN978-4-575-67181-0 C0193
Printed in Japan

双葉文庫